电网新视界

春到北田

主编　刘绕菊

中国电力出版社
CHINA ELECTRIC POWER PRESS

图书在版编目（CIP）数据

春到北田 / 刘绕菊主编．—北京：中国电力出版社，2016.12

（电网新视界）

ISBN 978-7-5198-0264-6

Ⅰ．①春…　Ⅱ．①刘…　Ⅲ．①散文集－中国－当代
②诗集－中国－当代　Ⅳ．①I217.1

中国版本图书馆CIP数据核字（2016）第314896号

中国电力出版社出版、发行
（北京市东城区北京站西街19号　100005　http://www.cepp.sgcc.com.cn）
三河市航远印刷有限公司印刷
各地新华书店经售

*

2016年12月第一版　　2016年12月北京第一次印刷
710毫米×980毫米　16开本　20.25印张　260千字
定价 48.00元

编 写 组

主　　编： 刘绕菊

副 主 编： 马爱丽

成　　员： 畅宏斌　柴　晶　石文贞　李美玲　葛巩佳　李小龙　李　全　张天杰　杜剑楠　吴秋兵　王浩亮

从 书 序

2014 年 10 月 15 日，习近平总书记在全国文艺工作座谈会上讲话强调，文艺是时代前进的号角，最能代表一个时代的风貌，最能引领一个时代的风气。实现“两个一百年”奋斗目标、实现中华民族伟大复兴的中国梦，文艺的作用不可替代，文艺工作者大有可为。好的文艺作品就应该像蓝天上的阳光、春季里的清风一样，能够启迪思想、温润心灵、陶冶人生，能够扫除颓废萎靡之风。

近年来，国家电网公司高度重视职工文学创作，坚持“为电网放歌，为职工抒写”的创作导向，繁荣电网文学创作和职工文化生活，增强企业软实力、品牌影响力。2016 年 4 月，国网山西省电力公司成立了职工文学创作爱好者协会（简称文协），公司 400 余人入会。公司积极落实国家电网公司文学创作重点选题工作，结合实际制定文学创作三年规划，确定了 26 项文学重点选题，提出了“通天气，接地气，聚人气”的工作思路。半年多来，成立了诗歌、小说、散文、纪实、影视、朗诵 6 个兴趣小组，形成了微信群、公众号、会员管理系统等 6 个网络平台，拓展了《晋电文学》期刊、“电网新视界”丛书、北田职工文化创作与展示基地、职工书屋电力作家作品专柜等四个职工文学成果的实体展示平台，与《脊梁》《黄河》等重点文学期刊联合建成了 3 个外部文学培训基地。我们组织了 20 余次集培训、采风、笔会于一体的文学专项活动，形成了公司文学创作组织、培训、沟通与提升的常态机制。文协成为国网山西省电力公司文学创作队伍的一个重要平台；公司职工文学创作队伍成为国家电网公司文学创作群体中的一支劲旅。

在文协之“家”的温暖中，文学队伍日渐发展壮大，一批作者脱颖而出。他们在深入生产一线、深入员工生活的创作中，用心灵和爱，去触摸每一根导线、每一座铁塔，创作了大量具有地域与行业特色的诗歌、散文等文学作品，鲜活生动地抒写了电网人的感人故事，丰富了电网人的精神世界，展示了电网人的靓丽风采。何文锋、赵晨宇的诗歌在中国电力诗歌“重走长征路”征文中荣获三等奖。文协副主席郝密雅的诗《穿越会宁》荣获公司在国家电网公司系统的第一个文学作品一等奖。公司管培中心拍摄的《第八个》微电影荣获国家新闻出版广电总局网络视听节目一等奖、山西新闻广电总局网络视听节目一等奖、英大传媒金奖、中电传媒一等奖，被英大传媒集团选送参加亚洲微电影节。

为了让更多的员工能够分享公司职工文化成果、让更多的文学爱好者能够从优秀文学作品中学习和借鉴，文协从其众多平台汇集的作品中，选出一批有代表性的作品，汇集成“电网新视界”丛书，即《春到北田》《阅读的力量》《在路上》《守护》《第八个》《撷英拾贝》《墨染时光》《微尘闪烁》，共八个专辑。

《春到北田》是“中国电力作家走进山西电力”文学采风培训活动和国网山西省电力公司职工文学创作爱好者协会成立大会期间，国家电网系统作家和山西文友在北田培训基地共同创作的诗歌散文集。作品激情澎湃，读来如沐春风，是文协的发轫之作。

《阅读的力量》是一本电网员工的读书感悟和心得文集。作者从书籍中汲取知识和力量，结合工作实际，写出了自己的真感受、真性情、真灼见。各种主题读书活动不断开展，并先后建成各级各类职工书屋200多个，成为员工的精神家园。

《在路上》是一线输电员工运用“互联网+”的新武器，反映自己丰富多彩的学习、工作和生活的新“视”界文学作品。作者捕捉精彩瞬间，凝练优美诗文，用诗、文、书、画、音、像等多维立体的艺术形式，表达山西电力输电人的苦与乐。书中将图文巧妙结合，相互补充映衬，真实生动反映一线电力员工的工作生活和思想境界，是现实生活的电力写真。让读者在享受光明的同时，不忘记输电人跋山涉水的身影，不忘记输电人一双双黑亮的眼睛。

《守护》是“我的父亲母亲”和“电网退伍兵”主题征文选编。人生路上，亲情是最持久的动力，感恩父母才会感恩企业。“我的父亲母亲”征文活动，从400多篇征文中选出70余篇，其作者多为近年来分配到企业的大学生，综合素质较高，作品温馨、亲切、生动、感人。“电网退伍兵”征文活动，从100余篇征文中选出10篇优秀稿件，真实再现了一个个退伍兵在电网建设和运行中的感人事迹，体现了“国防绿”那特有的精神品质。

《第八个》是一本微电影剧本集。作者把身边的人写入剧本，把身边的事拍成微电影，以喜闻乐见的方式将电网人的故事展示给大家。文协在收集基层单位已经拍摄或未拍摄的微电影剧本的同时，多次组织研讨与培训活动，请省内外知名编剧进行了点评指导，进一步丰富了创作内容，拓展了剧本体裁，提升了微电影剧本创作水平。

《撷英拾贝》是一本由小说、报告文学、散文、游记汇集而成的文集。作者多维度、多视角、多体裁抒写了电网人工作、生活、家庭中的苦与乐，是社会从另一个侧面了解电网人思想情感的“窗口”，也是电力文学爱好者迈向文学殿堂的“阶梯”。

《墨染时光》是近年来《山西电力报》上发表的通讯和报告文学集。作者在作品中以写实的笔法，真实记录了电力员工服务客户、奉献社会的风采，塑造了国家电网品牌形象。作品中反映的人物，来自最平凡的岗位，却是最可爱的人；作品中反映的故事，传递的是最寻常的心声，却是最动听的声音。

《微尘闪烁》是一本诗歌集。诗里刻录时光，诗中讲述人生。微尘闪烁群星，星光照亮眼睛。在诗中，能读到银线与铁塔，能读到阳光与背影，也能读到作者创作中的稚嫩与真诚。

三晋大地，古风犹存，文人辈出。企业需要精神，文学需要激情，文协的成立给文学爱好者搭建了一个学习、创作、交流的平台。老年人的睿智、中年人的冷静、年轻人的热情，在这里汇聚；文思与场景、文字与岗位、文学与电网，在这里交融。他们分享文字的盛宴、拓展思想的深度、汲取创作的能量。文学爱好者用擅长的文体、真挚的情感，向电网人表达由衷的敬意。

企业文化是企业发展的软实力，要建设一流企业，必须以强大的企业文化来支撑。电网人的生活多姿多彩，电网人的工作充满挑战，作为一名电网文学爱好者，既要做企业勤恳的建设者，也要做忠实的记录者，为企业发展鼓舞与欢呼。国网山西省电力公司将不断丰富文学创作内容和形式，拓展培训与提升的模式，多方面鼓舞员工的文学创作热情，让他们尽情挥洒，为电网放歌！

前　　言

时至深秋，大地越发成熟醇厚。收获的季节里，在国网山西省电力公司北田培训基地，我们正为“电网新视界”丛书做最后的修订工作,《春到北田》是其中一本。

书中收录的作品，是 2016 年 4 月 7 日至 11 日“中国电力作家走进山西电力”文学采风活动和国网山西电力职工文学创作爱好者协会成立大会召开前后，部分中国电力作家和山西文友创作的作品。短短几天的时间，在日程满满的授课、培训、讲评、采风活动间隙，大家文思喷涌、热情脉动，以当时在北田的感悟、培训听课的体会、采风活动的感受为主题，创作出一批文学性、思想性、艺术性兼备的作品。书中所收 50 篇散文、55 首诗歌，字里行间洋溢着对文学的热爱、对电力事业的热爱、对生活的热爱，这些真善美的表达，每每读来，都会让当时身处其中的人心有触动。从大家的作品中，既能感受到由此激发的中国电力文学创作的生机和活力，又能感受到山西电力文学创作蓬勃向上的精神面貌。这个春天，注定让很多人难忘。

将这些作品汇编成书，既是对当时活动的一种总结，更是一次新的出发。以 4 月的北田为起点，山西电力文学创作者有了一个平台，有了一个共同的家，山西电力文学创作进入一个快速发展的时期：26 个重点选题纷纷立项，《巅峰》《蓝光》入选国家电网公司 2016 年度文学创作重点选题并完成部分创作；围绕重点选题开展了一系列采风活动，催生了一批文学作品；选派文学骨干赴《脊梁》《黄河》杂志锻炼，进一步提高大家的文学鉴赏和创作水平；线上线下文学培训活动每周、每月持续开展，营造了文学创作的良好氛围；“我的父亲母亲”“电网退伍兵的故事”两次征文活动，再次检验了广大文友的笔头功夫；“晋电职工文化”公众号和公司职工文化爱好者协会平台上线，延伸了各项文学创作的视角和广度……

时光流逝，山西电力文学创作者的热情始终不减。大家一路同行，学习交流，切磋互进，走过抽芽拔节的春季，走过热烈奔放的夏季，终于走到了硕果满枝的秋季。

我们以《春到北田》的出版，深情回望 2016 年这个令人难忘的春天。我们希望由此而激发的文学热情，不仅在山西电力系统广大文友间激荡、碰撞、结果，也希望在中国电力作家协会的指导下，在系统内外电力作家的帮助下，山西电力文学创作整体水平进一步提升，山西电力文学作品百花齐放、花香满园。

编者

2016 年 12 月

目　　录

第二辑　诗歌

第一辑

散文

连 翘 说

陈富强 | 国网浙江电力

连翘最先是以一种中成药的身份进入我的视线和喉咙的，而且适用性能强大，由此我固执地认为，连翘有一个高贵的出身，不然，何以承载拯救生命的重任。

我对植物的认知，不够博学，连翘她适合在哪里生长，她是树，还是花，她是否只开花不结果，入药的是连翘的哪一部分，我几乎一无所知。直到有一天，在远离江南千里之外，晋中的榆次，一个叫北田的小镇，我突然为一些色彩无比鲜艳的灌木丛所吸引，才知道，这就是传说中的连翘。

晋中的春天，相比江南的水灵，要稍稍浑厚一些，大片的原野依旧裸露着褐色的泥土，播种的季节已到，但植物尚未萌芽。然而，在一处大院内，春色却要明媚许多，所有的花已经迫切地开放，甚至有一些花已经落英缤纷。比如一棵硕大的樱花树，落下的花瓣，在树根周围，铺上一层花毯。一阵风吹过，枝上的花继续飘零，仿佛雨，淋湿了大地。

樱花是白色的，海棠是红色的，相同色泽的，还有梨和桃，她们都是这个季节最美的女人，不肯含羞，也不愿娇艳，只是肆意地怒放，甚至有些愤怒，推开那些少得可怜的绿叶，把自己最美的身段，献给春天。这些花当然是赏心悦目的，然而，我在一处高墙下，发现几丛生长在一起的黄色植物，她们的枝条上，几乎没有叶子，偶尔可见几片绿叶，也被潮水般汹涌的花朵淹没。在江南，我没有见过如此不顾一切地花开，她们的颜色，也艳丽得有些不像话，盯着她们时，能够刺痛我的眼睛。同样的植物，在院内还有若干处，她们通常几株并排或者抱团，一律以向上的姿态生长，到了空中，呈伞状，徐徐展开，再也不愿收拢。

同行中有认识这黄色植物的，说，她们就是连翘。我扭头去看说话的人，但已隐入花丛。我从小就吃过的药，现在以原生态的面貌出现在我的眼前，原来，她们竟然是如此鲜艳夺目啊，怪不得她们有那么多神奇的功效，加入到拯救人类的行列。

晋中三日，每天清晨或者黄昏，我都要去院子里看看那些连翘。显然，她们的花期要比樱花长一些，樱花在那儿摇曳多姿，渐渐凋零，连翘依旧在风里慢慢盛开，不仅好看、耐旱，还收入《医学启源》和《本草纲目》。同样是植物，有艳丽，也有平淡，她们的生命都值得我们尊重，然而连翘，却以罕有的美，以药作为自己最后的归途，与人类的生命相融。

山西的文学，素以山药蛋派闻名。这个名字，容易让我产生药的联想。在看到连翘之后，这种感觉就更为强烈。韩石山、王祥夫和赵瑜，都是山西文坛的佼佼者，所以，当他们和其他文坛精英，一起走进北田这个生长连翘的院子，走上"中国电力作家走进山西电力"采风活动的讲台时，文学就成为一个很通透、亮丽的字眼。顾建平是《长篇小说选刊》和《中华辞赋》的掌门人，执掌《长江文艺》的是胡翔，鲁顺民是《山西文学》的舵主，而萧立军，年过六旬，锐气依旧不减当年担任《中国作家》副主编时，退而不休，应邀出任《脊梁》执行主编。他们都有一个共同的特点，有架子，但端得起，更放得下。他们既可妙语连珠，也能和年轻的业余作者们讨论一些与文学有关的话题。对于中国电力作协和山西电网组织如此大规模的创作活

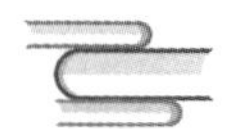

动，儒雅的顾建平表达了他的吃惊。顾说，他参加类似活动总有数百上千场，两百人之众的笔会，却是第一次碰到，着实令人惊讶，可见电力系统职工文学爱好者，确实要异于其他行业。

韩石山已是古稀之年，讲堂上却依旧机智幽默；王祥夫说话暗藏锋芒，赵瑜敦实，大智若愚，其精彩部分是与学生的交流，一说起寻找巴金的黛莉，回忆马家军调查，顿时滔滔不绝。

离开北田之前，我忍不住又去院子里转了一下，照例去看了连翘。她们依旧鲜艳如初，笑傲春风。我忽然有一种联想，文学或许也如连翘，两者的生长与开花过程，显孤独，但盎然。她们殊途同归，都可药用，味苦，却高贵，是良药。

陈富强，中国作家协会会员、中国电力作家协会副主席、浙江省作家协会全委会委员。主要作品有长篇报告文学“中国电力三部曲”《中国亮了》《铁塔简史》《和太阳一起奔跑》，中篇小说集《未庄的一九三四年》等多种，参与全国百名著名作家《中国治水史诗》创作。曾获全国报纸副刊作品金奖，第四届特区文学（中篇小说）奖，三次获浙江省优秀文学作品奖。

北田的梨花

圆太极 | 国网江苏电力

因天气原因航班延误了八小时，急匆匆赶到北田已经很晚，也可以说是很早，因为已经是第二天的凌晨五点。虽然疲乏，但始终没有一丝睡意。随着黑夜的离去，心中急于见到朋友们的激情愈发浓烈了。于是在逐渐露白的晨曦里，看到所住房间的窗外有如同江南的春景。绿柳婆娑，桃花叠霓，连翘金灿……

第一天下午会议结束得早，我和一群或许久不见或神交已久却素未谋面的好友散步闲聊，不知不觉地走进了楼后面那如同江南的春景里。在这里我们意外发现了几树梨花，这几树梨花是早晨站在窗前未曾发现的。所有朋友面对这几树梨花的反应很是一致，惊讶、感叹，不停地赞美。

白色的梨花真的很美，整个看是白云缠枝头，凑近了单个细看，每朵花都像白玉雕琢而成，晶莹剔透。颜色的确素淡了些、清冷了些，这或许正是我窗口远看未能发现到的原因。不过这种不妖不灼的艳丽，才愈发显得雅致和高贵。

几树梨花开得很盛，盛得都有些过了。轻风一吹，花瓣飘飘而下，有几分像高处积雪被风吹扫下的零星雪花。树下密密覆盖了一层落下的花瓣，柔柔的，润润的，倒完全像一片残留黄土上未曾化去的薄薄积雪。

梨花虽美，却已近凋零。在许多其他刚刚开始清秀浓艳起来的枝叶花朵映衬下，难免生出一番“一别如斯，梨花落尽月已西”的冷艳与孤凄。于是乎朋友们纷纷拍照留影，抢下即将逝去的美艳。

在此后两天里，朋友们一有闲暇就去梨花树下。抓紧所余不多且转眼即逝的美好时光，留下自己的身影和记忆。他们留下了晨光花影印脸庞的娴静，留下了安然盘坐花瓣上的冷思，留下了红裙带动花瓣旋舞的心仪，留下了踏步梨花飞升仙子的遐想……

就要离开北田了，我又来到梨树下。花瓣已近落尽，只有寥寥几片玉瓣仍挂在树上，显得陈旧而哀怨。留下的全是淡紫色的花托，虽然只有花瓣盛开时的几分之一，却感觉真实了许多。

“花都谢了，接下来就要结梨了。”一个从旁边走过的晨练老人开心地说。

“这树能结梨？”我问。

“当然，又大又甜。”

花开花落，花落结梨，蓦然间一丝领悟心中生出。盛开终会凋谢，而凋谢又何尝不是一种成长、成熟。相聚终会分离，而分离又何尝不是一种滋长、一种积累。滋长离别后的思念，积累再次相聚时的激情。

圆太极（袁晖），畅销书作家，代表作品有长篇畅销小说《鲁班的诅咒》《刺局》，长篇传记小说《李小龙和我的旧时光》，出版发表各类作品两百多万字。现为上海读客出版公司签约作家，北京华文书局有限公司签约作家，起点中文网站签约作家，英大传媒特约作家。

和春天一起歌唱

张文睿 | 国网冀北电力

机会是和春天一起来的。南南北北地聚了一群人。

有人是老朋友了。有人不认识，后来呢，认识了。有人彼此认识，却没有见过面，那叫神交。

先听听名家讲的吧。那些坐在讲台的文学前辈，再一次让我们记住了六个字：品质、品位、品味！

另外六个字，涌上了我们的心头：情感、情怀、责任！

毕竟，我们吃的就是电网这碗饭，倘若我们写得不够文学，我们会感到一些惭愧。

毕竟，我们就是那群一看见铁塔、一看见伸向远方的银线，就会泪眼蒙眬的人。

2016 年。三晋大地。北田。

会写诗的和那些会写小说、散文的人，都想抒写涌自心底的诗意。

那么，请向特高压施工现场，每一位电网建设者，表达敬意吧。请记住安全帽下，每一张挂着汗珠的脸庞。

请把我们的诗句，献给所有的，正在崇山峻岭间巡线的兄弟们吧，请把我们的诗句，献给所有变电站的姐妹们吧。请记住每一双黑亮的眼睛，他们都是安全生产的千里眼，他们都是电网忠诚的守望者。

是在梨花悄然吐绽的季节，是在桃花迎风怒放的时候，咣当一声，机会就来了。二百多双手握来握去，又挥来挥去，还有不少人拥抱了一回。

或许，若干年后，有人会说，电网文学创作能够跃上一个新的高度，北田，是一个让人难忘的节点。

张文睿，中国作家协会会员、中国电力作家协会会员、北京作家协会会员。著有散文集《南北东西茉莉花》、随笔集《二手论语》、评论集《不觉流水年长》、新闻作品集《再回首谁心依旧》。从事编辑工作多年，主任编辑职称。

北　田　记　事

林　平 | 国网信阳供电公司

北田，一个诗意的地名，北方的田园。实际上也如此。这个在山西省地图上找不到的地方，是晋中榆次北田镇下的一处园子。正是人间四月天，桃红柳绿，花木扶疏，百鸟啁啾，流水潺潺，从园子里走一趟，便有一种置身世外桃源之感。而更令人流连忘情的，是一场又一场近乎天堂的梨花雨。

我是在四月初的一个下午深入北田的。当时阳光明媚，空明澄碧，十几个来自全国各地的文朋诗友结伴漫步，出了培训楼右转，慢坡下行。路的左侧是一片垂柳绕池，丁香含蓄，连翘葳蕤；路的右侧是一树树粉色的花，开得热烈，开得灿烂，开得旁若无人，开得恣意汪洋，恰如天南地北的文友相聚的心情。

这里是国网山西省电力公司的一个培训基地，我是参加“电力作家走进山西电力”文学培训采风活动的一员，于前一天的下午从千里之外的江淮信阳迢迢赶来。当时天色已晚，无暇顾及这世外桃源般的美景，我更想接触的，是汇聚而来的各地电力作家以及邀来讲座的文坛大腕。

初来乍到，一切都是新鲜的，一切都是陌生的。晚饭后，东瞧瞧，西望望，摸到了所住六号楼三楼的大房间，是北田基地的阅览中心。除

了满屋子的书，就是神交已久的刘克兴和刘予胜。他们是这次活动的关键人物。前者的公开身份是英大传媒集团策划总监，隐性身份是中国电力作家协会副秘书长、《脊梁》杂志副总编辑，此前多次接到过他的电话和语音，指导我做电力作协微信公众号，邻家大哥一般；后者是国网山西省电力公司工会主席，也是即将成立的国网山西电力职工文学创作协会的主席。后来我才知晓，刘予胜在工作之余笔耕不辍，创作了一本散文随笔集，并把国网山西公司系统的文学爱好者组织起来，在申报国网重点文学选题立项的基础上，选印了厚厚的一本山西公司职工文学创作重点选题汇编，小说、诗歌、散文、报告文学、剧本等文体分门别类，秩序井然，他希望借此活动，让全国各地电力名家结对帮扶山西的“小朋友”，以期快速提高“小朋友”的文学写作水平。“小朋友”是刘予胜对国网山西公司系统文学爱好者的昵称，从这昵称中，能感受到他对文学爱好者的殷殷之情。我羡慕那些“小朋友”有幸遇到了这种文学的春天，由衷地说：“山西公司系统的文学爱好者有福了！”

翌日下午的国网山西电力职工文学创作协会成立大会之后，四点刚过，正是漫步好时光。熟悉的，陌生的，都自发地结伴闲游，三五成群，谈文学，谈作品，谈相聚北田的愉悦心情，不时激起阵阵笑声。我跟聊过多次微信的王宏斌对上了号，比我想象的年轻，也比我想象的亲切。王宏斌是国网工会宣教文体部部长，一直在国网作家微信群里鼓励大家多写国网故事，“为职工书写，为电网放歌”，此次邂逅北田，或许是春天的枝头结出的意外吧？

最让人流连忘返的，是后园凹地上那片宁静的梨园。说是梨园，其实只有三五棵高大的梨树，高大的梨树上挂满了朵朵洁白的花，地面上早已落英亲泥，花瓣簇簇，犹如覆盖了一层洁白的雪花，仍有梨花不断飘落，风吹来，满树梨花纷纷扬扬，上演了一场盛大的花瓣雨。落花无意，看者有情，白花红裙，摄入心房。这该是世间最动人的一幕吧？

往后的三天，活动异彩纷呈，白天是文坛名家的讲座，晚上是作品点评和文学爱好者与名家的对话，真个是时光短暂，不舍昼夜。我不想说顾建平对中国当代诗坛深刻的剖析，也不想说王祥夫对小说创作的独特个人经验介绍；我不想说韩石幽默风趣、自轻自贱式的散文创作漫谈，也不想说赵瑜个人历险记似的报告文学采访片段；我不想说萧立军的伯乐眼光与酒中君子的判若两人，也不想说胡翔和鲁顺民所掌门的刊物的稿费最高与最低之别。我想说的是电力作家和文学爱好者享受一场又一场文学盛宴的幸福之感，恰如沐浴着一场又一场梨花雨时陶醉的心情，细寻时，又无处留痕。

那痕，大概留在了心里吧？在每个人内心最隐秘的地方，留待夜阑人静时细细品味，凝脂余香，萦绕经年。

在北田的几日中，我的心一直浸淫于这种香中，难以名状。我似乎看到了我曾经的影子，读到了我用青春时光涂抹的稚嫩文字。那一副副虔诚的面庞竟让我心里有一种隐隐的不安和羞惭——他们仰望着我和如我一样的电力作家，只有我自己知道，我们有一种他们看不到的低，从他们身上，我学到了更多，也寻回了更多。

学诗丰盈人生

林　平 | 国网信阳供电公司

三年前的秋天，我参加了一次女职工读书沙龙活动。大家都畅谈读书的心得体会，大多大同小异，独有一位女工写了一篇有关诗词的读后感，我顿觉眼前一亮，觉得读诗的女子真美丽，即便她是乡镇供电所的收费员。

“学诗可以情飞扬、志高昂、人灵秀。”不错的，学诗丰盈人生。

我曾把这个故事和这段话说给一些朋友听，说给一些文学爱好者特别是诗歌爱好者听，他们的反应是极度认同，那表情里分明写着：“与吾心有戚戚焉！”

我是喜欢读诗的。忘记了读的第一首诗是什么，也忘记了何时读的第一首诗，这些都无关紧要。要紧的是，我读了“关关雎鸠，在河之洲”，也体验到了“床前明月光，疑是地上霜”的静夜思绪，更感慨过“明月几时有，把酒问青天”的浩渺之意。囫囵吞枣也好，融会贯通也罢，起码它们烙进了我儿时的记忆，丰盈了我的四季人生。

从上初中起，我就开始做一个梦——长大了当作家，希望我的文章能印上语文课本，所有的学生都能读到。这个梦想太过遥远，至今仍未实现，但我从未放弃。

俗话说，“熟读唐诗三百首，不会作诗也会吟。”我就是在这种熟读古典诗词的基础上，萌发了写作新诗的冲动。待上了大学，我便开始了诗人梦，梦想全国各地鸿雁翩飞的明信片能印上我的诗。这是与古典诗词大相径庭的诗种，是有百年历史的新诗。大三时，我的诗歌终于登上了当地报纸的版面，我的诗人梦在逐渐变成现实。只是，网络太强大，明信片日渐式微，我已不奢望鸿雁传诗了。

我曾把我的一首小诗工工整整地写在白纸上，贴在宿舍的墙上，晨昏之间，一抬头，一俯首，都能看到。至今，我都清晰地记得那首诗的每一个字，题目是《夜》，且听我吟咏——

那一夜，
很美，
星星都来参加音乐会，
却不见了月亮。

那一夜，
很静。
我独步在郊外旷野上，
却意外地看到了月光。

那是一种怎样的心境啊！青涩，朦胧，宁静，美好。二十多年过去了，如今是无论如何都寻不到了。我能寻到的，是另一种诗情，另一种人生。一种大气深邃的诗情，一种丰盈沧桑的人生。

多年来，我一直保持这读诗写诗的爱好，特别是对新诗的鉴赏。一首新诗放在我面前，一眼便能看出它是好诗还是劣诗，或者只是简单的分行文字，与诗根本不沾边。读诗，就要读好诗，读经典，因为只有经典才能长久地沉淀于我们的心底，融入我们的灵魂，陪伴我们走过所有的幸福和快乐，走过所有的伤痛和坎坷。

这种陪伴是永久的、不离不弃的。

每个人的一生，都是一部行吟史。“读万卷书，行万里路”说的即是此意。我们一生的每个季节，都在行吟。“劝君更尽一杯酒，西出阳关无故人。”依依惜别之情跃然纸上，“长城外，古道边，芳草碧连天。”多么凄美的一幅图画啊！

行走，不仅能增长见识和对世界万物的理解，还能极大地激发人的创作激情。

就如四月初，我参加了“中国电力作家走进山西电力”文学培训采风活动，在飞驰的大巴车从晋中北上朔州途中，“雁门关”三个字一下子闯入我的眼帘，我当时就有一种穿越回了古代的感觉。唐朝李贺诗曰：“黑云压城城欲摧，甲光向日金鳞开”，表现的就是雁门关的雄伟豪迈气势。此刻，这个总是在古典诗词和历史典籍中出现的地名，突然活生生地展现在了眼前，那种惊喜、回溯、追寻、沧桑的感觉，瞬间充塞了我的脑海，我当即摊开笔记本，写下了一首诗《从榆次到朔州》——

从榆次到朔州
掠过太原城边
掠过嫩绿色春风的边
掠过一座座山头一个个鸟巢的边
北进，北进
越过雁门关
直抵敌人达不到的晋北

一排排树木直立着
多像八十多年前坚挺的脊梁
大地沟壑纵横
山峰壁立陡峭
来犯之敌怎不被打败灭亡

我是在四月里行进
在一朵朵鸟鸣声中行进
在天南地北的目光之河中行进
残存的长城烽火台急剧隐去
一棵棵小白杨急剧倒退
一座座崭新的铁塔急剧远行
唯有此心，在蓝天下上升飞翔

这是我梦中的三晋大地啊
是我北望了无数个日夜的黄土高坡
庄稼在努力生长
大雁陆续赶回故乡
我多想找一个人倾诉澎湃的心情
细寻时，又波平浪静

从榆次到朔州
时光在飞
春风在飞
歌声在飞，目光在飞

高高的输电线路在飞
我的心紧贴低低的尘埃绵绵的山
在晋北大地上
贪婪地觅，疾速地飞

这种感觉，非身临其境不能领略；这种情怀，非多读诗文不能生发。我庆幸我爱诗读诗，从《诗经》到《离骚》，从《唐诗三百首》到《新诗三百首》。我庆幸我会写诗，从《夜》到《从榆次到朔州》，从《列车奔驰在大地上》到《夜过黄河》。

在散文《行吟》里，我曾写过这样的文字："每每静观夕阳西下，一片芦苇或几支狗尾草于清风中起伏摇曳，总能勾起人的无限遐想。每每诵读千古文字，一阙散文或几首诗词穿越漫漫历史烟尘，总能让人低吟浅唱，或慷慨激昂。"

因为读诗，我们的人生更加丰盈。

因为写诗，丰盈的人生更加长久。

读诗，写诗，是我一生中不可或缺的食粮！

林平，河南省光山县人。中国电力作家协会会员，河南省作家协会会员。在《人民日报》《光明日报》《诗刊》《中国作家》等100多家报刊发表各类文学作品300余万字，多次获全国性诗歌、散文、小说大赛奖。出版散文集《菱角米，葵子仁》、诗集《月亮河》《我这样爱你》《幸福路上》。著有长篇小说《逃离北京》《伤城》《立地成塔》《红房子》。

北田，编辑室的故事

何红梅 | 国网荆门供电公司

也许，因为平遥、榆次、雁门关，那些古老而充满历史故事的名字，对于山西那片厚重的土地一度充满了神往。今天，当我终于有缘朝着山西慢慢靠近时，一时间心底泛起说不出的切切与幸福。

驱车赶往北田的路上，夕阳笑盈盈地在前引路，为我们铺上一地金光。车子拐进了一座院子，眼前顿时豁然一亮，满院的柳色新花。当家乡的春天已近尾声的时候，这里的春天才刚刚开始。

翻开会议指南，只见密密的安排。除了吃饭和午休时间，从早晨八点半，一直到晚上九点半，每天的活动内容几乎是满满当当的。于是，上午和下午，我和我的文友们开始分别沉迷在来自全国名家的精神盛宴里，晚上继续沉浸在与名家对话的酣畅中，品尝着这个春天，四月的北田一场浩瀚的盛宴。

来之前，我并不知道这次学习之外，还会肩负一项光荣的任务：在北田这场盛大的文学盛会中，我担负起制作电力作协微信的重任。

怎样将我们此刻享受到的精神盛宴及时传播出去？必须依靠微信平台。于是，在刘总的安排下，当晚，王彪带队的临时微信编辑部即刻成立。

王凌云、朱志恒、张鹏飞、顾晓蕊老师负责全程的摄影任务。从早到晚，每一场每一次的学习活动，交流内容，他们需要全程跟踪拍摄。他们常常一边聆听名家的精彩言论，一边不忘托举起沉重的相机，捕捉各种精彩画面。名家讲座时投入的神情，学员们积极的互动画面，每一个传神的镜头，都没逃过他们敏锐的慧眼。他们的付出为微信素材积累下丰富的图片内容。

有了图片，还需要相关内容的文字，需要安排电力作家们对相关名家采访，对当日每位专家精彩的讲座内容进行高度提炼。夏雨、圆太极、李勋、蒲素平、林平、吉建芳……这里多的就是写作大腕。再加上刘总、王彪一切都安排得有条不紊，一环紧扣一环，毫无纰漏。

有了图片和文字内容，晚上九点半以后，微信编辑部该正式忙碌了。

负责采访的、拍摄的，这会儿都聚集在王彪的屋子里。改文的改文，挑图的挑图，一点不亚于白天礼堂里的热闹场景。因为我们编辑的内容是要向全国电力作家传播的，所以对于文字的斟酌，图片的甄选，必须一丝不苟，必须是最精彩最传神最突出的。每次挑图都是一个巨大的工程，每天晚上要在三百多张图片里挑选出几十张最精彩的，要反复预览，反复挑，直到挑出满意图片时，一个个几乎都要成斗鸡眼了。

终于挑完图片，已是零点。

接下来就是我的任务了。我开始按照刘总和王彪安排好的栏目精心制作，把相应的图文放进去。想着此刻的北田，眼前的一切美好，都将通过微信这扇窗口展示出去，不敢有丝毫懈怠。首先需要设计出最精美的版式，设计版式总是特别耗费脑细胞，色彩定位，格式定位，图片处理，怎样让图片呈现出立体效果，图文怎样分布，采用什么样的分割线更美观……每一个细节都不能马虎。只有对每一个细节的精心制作，组合在一起，才是一个精美的整体，才能体现此刻我们眼中感受到的真正的北田。

制作完，开始预览。预览过程中还会不停出现各种状况，格式错位，图片不居中……层出不穷的问题。好在只要有一份耐心与细心，这些问题终将迎刃而解。

所有栏目版式终于做好了。刘总、王彪开始分别一遍一遍地预览，许鹏一遍一遍地校对，先不说对文字内容一次一次反复修改，有时候就是为了一个力求精彩突出的栏目名，他们也会绞尽脑汁半天。直到所有栏目从内容到版式全部没有问题，时间常常已是次日凌晨三点钟了。奇怪的是，这一刻，我居然没有丝毫疲惫，心里想着通过我们集体的努力发布出的微信栏目，马上要传递到全国电力作家的手中，以最完美的姿态展现在他们面前，就有一种满满的幸福感。

在北田，每天早晨睁开眼，看到的是窗外，春风涌动，嫩绿嫣红，百般美好。顿时感觉自己仿佛是一只蝴蝶，来北田，原来只是为了奔赴一场春的盛宴，参与这样一场春的盛宴的制作。这种幸福，这样的甘醇，是足以令我啜饮一生的。

何红梅，笔名雨中丁香，湖北省作协会员，中华诗词协会会员，中国电力作协会员。著有诗词集《疏影横斜》、散文集《拾一炉心香》《种下一园蔷薇》。2013 年散文集《拾一炉心香》获荆门市“五个一工程奖”；2015 年散文《浮生话田园》获荆门文学提名奖。

北田的故事

李　勋 | 国网武汉供电公司

2016 年 4 月 7 日，一群共筑文学梦想的人，踏进了山西晋中一个不太知名的小镇。那一天阳光格外明媚，大家一起见证了中国电力作家协会“走进山西电网”暨山西电力职工文学创作协会揭牌仪式，那一天人们更记住了燃烧三晋电力文学星星之火的这块发祥地——北田。

当那个灿若桃花的美丽早晨，问春的阳光在翠嫩梨花枝头摇曳，还未顾上旅途的劳顿，在那栋培训综合楼宽大明亮的教室里，文学大家、名刊名编与电力作家及求贤若渴的电力文学爱好者，开始文学与心灵的直接对话。

此时的春天，也浪漫多情，他们和这样一群怀着敬畏之心的孩子们，开始学会聆听，从心灵出发见证每一刻的学习时光。风儿轻轻拍打熟读的窗棂，红艳好看的花朵，池边吐绿的垂柳，鸟儿鸣唤的春景，为庄园的四月增添了这一季浓妆淡抹总相宜的勃勃春情。

简易开班仪式，中国电力作协、国家电网公司工会、国网山西省电力公司各级领导们精彩讲话和悉数献词祝福，无不激起每个听者心海欢荡跳跃的浪花。京城名编顾建平隆重介绍了他主编的《长篇小说选刊》《中华辞赋》，电力文学刊物《脊梁》执行主编萧立军倾谈编辑心语，山西本土文学掌门人鲁顺民和王祥夫讲解精辟，《长江文艺》常务副社长胡翔对办刊和选稿标准娓娓道来，著名评论家尹汉胤做了关于文学的底层叙述。最是那个温柔白昼和晚夜，一群粉饰春天的燕儿，在文学争春的梨园，散发着追春的花粉。

尤其是4月8日上午顾建平的那场生动讲述，我做了全程记录，顾老师以大学时代一次小楼躲雨巧遇《人民日报》编辑做开场白，拉开了他长达近3个小时的讲座序幕。

今年48岁、中等身材、戴一副深度近视眼镜的顾建平，有着30年丰富的人生阅历和编辑职业操守。在授课中，他以硬币正反面为喻，以国人诗歌情怀的唤醒、本位诗人传承和诗人成为文化符号等多方面加以精辟论证阐述，表达了他对当代原始和本义诗歌的思考，表达在当今快节奏的社会，需要加大生活的密度、浓度和强度，不可妥协、忘掉本身，应懂得生命存在的意义的渲染和传承，表述了在网络信息爆炸和多媒体时代，诗歌不仅没有受到冷落，反而成为集中阅读文本的观点。

顾建平老师还从余秀华的《月光落左手上》《摇摇晃晃的人生》单行本发行突破10万册的现象透视，引申到从山西当地涌现的报告文学大家赵瑜、小说家王祥夫，列举了以评论著称的何向阳出版自己诗集等案例，说明了那些被社会角色掩盖的人们内心蕴藏和萌动的那一份诗歌情怀。

他提到诗歌的认同感是需要更多人参与，达成广泛共识，从而焕发人们对诗歌的热情，倡导诗歌内心自由表达、精神层面激荡飞扬和回归本我的诗意栖居、诗意生活。此外，他对当前诗歌的经典化写作方向做了形象贴切的比喻——就像恋爱指向婚姻一样，必将保持一种方向并留存下来。对于网络风行一时“白云真白”的“白云体”这种过于口水式废话诗的创作，他也进行了有力抨击，他反复号召我们要做一个安静的诗人，平静的表面下应有一颗流动的诗心，不应做诗歌的烈士，要做就做诗歌的战士、壮士和勇士。

在听完自嘲为“落魄作家”的“文坛刀客”韩石山关于《作家的身段》授课后，我渐渐开悟和懂得他的“端得起架子，放得下身段”的文人情怀。当我拿起话筒提问时，“语出惊人”的他，说我和他一样病得不轻，意欲为文学的疯子。末了他还是笑了笑回答了我的第二个提问，说他和我一样喜欢《荷塘月色》和《济南的秋天》这样的好作品。

北田盛开着不一样的春天。随后，大家兵分三路，在北线、中线和南线开始采风活动。

春天带着一缕春风走近，柳叶摇舞的枝头，春天的故事一旦开头，就会任人诉说，你也会将太原的山水，乳化成速写春天文学的那个美丽天使，从课堂就开始放飞户外文学的羽翼……是的，打开时光心窗，太行山上有数不尽的人文风光，三晋大地矗立的特高压电网，清洁绿色的光伏变电站，现代化的科技教学实验室、纵横交错南北贯通的电力线路走廊，还有一线建功立业劳模的风采、远在深山人未识的职工书屋、体育赛场健将的激情飞扬，演绎塞上电力笑语春风的诗章……

是呀，那个春光明媚的上午，我们穿越时间的隧道，闯进山西雁门关上这片热情的土地，见证了国网右玉黎明共产党员服务队的亮剑风骨，见证了山西特等劳模高存博和“感动山西电网”人物宋丽芳的出彩人生。在一路的机器轰鸣声中，我们去看电缆入地，遥想明天灯火阑珊的辉煌，欣赏郝海珍的百鸟朝凤、中国书法大家石文贞的泼墨气韵，在民间剪纸姐妹文化遗产的精美画面中往返留恋感叹。还有晋中特高压变电之航母破浪扬帆，春天的燕子就是以这般劳动奔放的热情，张开了传承创新、协作与和谐高扬的翅膀，笑傲一幕幕风雨彩虹的人生，努力彰显电力工人最美本色。

花儿是这样的美，树是这样的绿，天空是这样的湛蓝蓝……劳模也就是这样在我们身边涌现，故事也就是这样在我们身边延续，春华秋实，夏阳冬雪，风雨泥泞的夜晚不能没有你的坚守，弯弯的山路记述你抢修追月的风采。我敬仰着你呀，岁岁年年不负春光好年华的电力人，一腔热血播撒春秋，一代代肩负神圣的使命，每每用努力超越的工作典范，铸就三晋大地高歌猛进新时代辉煌与灿烂。

请原谅我没有向你预约，春天我在这里等你，龙门村人、雨中丁香、黑色裙摆，白云凌空、花香玫瑰、风中遐思……在来年金色电网吟唱欢悦的旋律中，我们再度相约，抒怀又一个春天相逢的故事吧……

我的特高压

李　勋｜国网武汉供电公司

华灯初上，夜幕降临，星星点灯，就要告别了，就要告别了，特高压，来一个深情的拥抱吧！

夜色开始打磨月光，清风扑展在我的眼前，泪开始有些在眼圈打转转，再见了我亲爱的兄弟，再见了晋北 1000 千伏特高压建筑工地的铁军们。风餐露宿，星光做伴，灰濛夜色，云淡天空，长年在这里坚守着你们的坚守，蒙西至浦东西电东送电网大动脉的启动，高高铁塔输送着万千诗意。

今夜这里没有狂乱沙尘暴，今夜这里没有寒冻冰雪，可今夜我不能睡了，我在感动着你们的每一个主动，你可记住了高原黄土坡上飞扬的笛声？你可记住了那灌溉苗圃的希望绿林？你可记住了远方家园妻儿的内心深情的呼唤？而一切只为了建设电网，为了三晋大地谱奏动人和谐的光明音弦。

一个个技术精湛的年轻工匠师傅们，一个个英俊帅气的工地领导人们，满心欢喜带着我们徒步参观那装备一新煞是壮观的高压建设工地和科学装机室，在与你们的亲切交流中，我读懂了你黝黑脸庞舒缓流动的诗意，捧出那深情可掬的月光笑容。

“没想到有这么多亲人来看望……”这看似多么简短朴实的话语，在这一夜连着回程雁门关上那颗颗闪亮的星星，带往想念你们的远方……

黄土高原上的晋北大地，晋北大地上的特高压—因为我心中敬畏的特高压，我会像那一只只飞往高高凌云铁塔上的燕儿，把你最美的春色和家乡亲人的思盼，在又一个十五月亮圆圆的时刻，再一次把你们深情遥望歌唱。快一些儿吧，让久渴干旱的心灵碰擦那天地连线的一曲曲一波波动人火光。

李勋，中国电力作家协会、湖北省作家协会员会员，湖北省电力文联理事，湖北省武汉市新洲区作家协会副主席，有千余篇作品先后在《诗刊》《人民文学》《解放军报》《中国青年》《南方日报》《国家电网报》《脊梁》《长江文艺》上发表。

梨花飘落的夜晚

王存华 | 国网濮阳供电公司

那晚听萧立军老师讲创作，他拿冯骥才的《高女人和她的矮丈夫》那篇小说作为例子，当他讲高个子女人去世后，每逢下雨，矮男人打伞去上班时仍旧高举着伞……这个细节一下子击中了我，眼泪瞬间涌出眼眶，我拼命地瞪大眼睛看天花板，却怎么都止不住泪水滑落。不想成为别人的关注，无奈之下，我悄悄逃开了。

北田的夜很凉。空气里有丁香花的香。低头数着步子，一步一步，慢慢穿过丁香花和樱花树林，走进记忆中那片梨花盛开的小林子。

夜风吹过，梨花打着旋缓缓飘落，银白的一层，像月光盈满地面。在这银白的光幕里，我看到了父亲，他站在老家那棵高高的梧桐树下，手里抱着一大枝梧桐花。

父亲离世已经半年多了，这些日子我觉得自己已经完全放下，不会再伤心流泪，却原来，只需要一份机缘巧合的触动，那份伤痛又会重磅来袭，让人猝不及防。我相信每个人内心深处都隐藏着一个任性的孩子，这个孩子不伪饰、不做作，想笑就笑，想哭就哭，完全不为世人眼光所左右。平时，我们都会把这个孩子囚禁在内心深处，将自己装扮得端庄温柔，细致庄严，只偶尔，在某个无人知道的时刻，这个孩子会摆

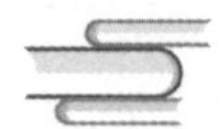

脱我们的囚禁。那晚，我内心深处那个孩子就跳出来，她坐在梨花树下，泪落如雨。

或许是因为母亲性子太过严厉，所以父亲格外温柔敦厚。记忆中父亲从来不曾说过重话，更不用说动手打人了。我家院子里种着一棵梧桐树，每年春天都会开出一树花，我最喜欢将梧桐花的花托一个个摘下来，用针线串在一起就变成一条蛇，可以用来吓人。那时候父亲在聊城工作，不常回家。但每年梧桐花开时，父亲都会回来，用镰刀割下一大枝梧桐花枝来，帮我用线将花托串成一条长蛇，纵容着我的恶作剧。

上小学的时候我迷上了郑渊洁的童话，父亲就给我订了渊洁的《童话大王》，在农村小学里，那可是独一份。读得多了，慢慢地我心里就有了一个想法，那就是我想当作家。于是，九岁的我在某一天郑重地跟母亲讲，我长大了要当作家。母亲不认字，当时正在裁剪衣服，她一边拿着直尺在布上量来量去一边问我："作家是做什么的？"我兴奋地说："当作家可好了，坐在家里写写字，就可以印一本一本的书，然后就有好多钱寄过来……"母亲听了顺手拿起直尺在我头上敲了一记，说："坐在家里就能赚钱，天底下没有这好事，少做梦了，喂猪去！"

我听了特别地伤心，于是爬到院子里的大梧桐树上哭，从上午一直哭到晚上，也不肯吃饭，谁叫我都不肯下来。后来大概是太累了，就睡着了。等我醒来的时候，我意外地看到了父亲，他给我带来很多书，而且用万分肯定的语气告诉我："爸爸相信你一定可以成为作家，这个梦想很远大，要读很多书，吃很多苦才能实现。"那时候年纪小，没有考虑远在聊城工作的父亲为什么会突然出现，后来才知道因为我一直哭，母亲不得已跑到镇上打电话给父亲，当时已经没有车了，父亲背着一大包书，从聊城一路步行回到范县，走了整整一夜，脚上磨出十几个血泡。

我想我这些年来之所以一直努力码字，已经不是为了儿时的作家梦了，很大程度上是为了父亲，我想让他为自己有一个当作家的女儿而骄傲。但我并不是一个有天分的人，写了这么多年，也没有写出很出彩的作品，倒是儿童科普漫画作品拿了几个奖。记得我第一次获奖后向父亲报喜，父亲高兴极了，特意将珍藏多年的茅台拿了出来。我不会喝酒，父亲便一人独酌，很快便喝到熏然，话也多起来，他笑眯眯地跟我讲起他的光荣历史：我 18 岁入党，28 岁当上全国优秀拖拉机手，戴着大红花去北京领奖，奖品除了奖状，还有一辆永久牌自行车。父亲拍着我的肩膀说，你知道在 70 年代一辆永久牌自行车意味着什么吗？我摇头，父亲骄傲地伸出大拇指，相当于现在一辆豪车，而且是限量版的豪车，有钱不一定买到，必须要有购买自行车的票才行。这时候母亲走过来，一边将父亲手中的酒杯换成茶杯一边数落，你还好意思给孩子说，你那自行车呢？我可是没见着。父亲瞪了母亲一眼说，我是代表拖拉机全体队员去领的奖，奖状是属于我个人的，奖品我可不能自个儿拿，得感恩那些帮助和提携自己的人。我自然明白父亲话里的意思，当时心里还有些薄怨，心想，我自然是懂得感恩帮助自己的人，只是我轻易不说罢了，哪里用得着你唠叨呢。

可是现在，我多么期待能听到他的唠叨啊，却再也听不到了。

夜渐深，风越发猛了，梨花如雨飘落。我伸出手，一片洁白的梨花落在我的掌心，轻盈、柔软、娇嫩，她是那么干净、那么美好，但这美好却并不长久。她终将孤独地躺在地上，悲伤地等待化为尘土。

又一阵风来，那片洁白的梨花从我手中飘离，银白的身影宛若星辰，在漆黑的夜幕里回旋飘转亘古不散。她仿佛在告诉我，人生是一个轮回，生即是死，死即是生。就如这满树的梨花，它会以最美的姿态迎接死亡，因为她知道，来年或者后年，化为泥土的她还会再次出现，也许还是一朵梨花，也许是梨花树下一株小草，或者只是一片绿叶。不管是以什么样的形式，她知道自己终究还会回来，就像太阳落下还会升起。

是上天注定吧，让我与这一树梨花在今夜相遇。夜凉如水。我擦干眼泪，在如雪飞花中，向着温暖的灯光走去。

王存华，女，中国电力作家协会会员、河南省作家协会会员。著有《女人如水》《笨妈妈和她的淘气包》等图书十余部。

北　田　的　春

谢黎明 | 宁夏青铜峡大坝发电有限责任公司

春天是花草蓬勃生长的时候，我作为众生的一员，在此趟去北田之前，已经像花草一样萌动了。我购置了五十个大小不同的花盆，在年久的树林里刮腐叶土，一趟一趟往回搬运，房间里的腐叶土像山一样堆积着，我的心也像山一样笃实，春天的繁华来临了。

修剪旧枝，换土，对于多年生草本植物，这是我必须要做的。换了新土壤、被修剪过的花儿草儿像孩子一样迎着春风开始新一轮朝气蓬勃的成长。那些被剪下来的枝条更是宝贝，被我依次均匀地插到特大号孕育盆中，浇水，盖上塑料薄膜，它们便在我营造的温室里继续做春天的梦。待到十天半个月之后，它们生根发芽，我一支两支移栽到添了腐土的花盆中，漂亮的花盆托着纤小柔弱的它们，让人油然而生怜爱。那些容易成活的花儿草儿，像绣球、令箭、龙骨、吊兰之类的，只需要将剪下来的枝条晾半天或一天，直接插入盆中，浇透后放置阴凉处等待生根。新的生命就此开始了，迎接它们的，是每一天冉冉升起的新太阳。它们用奔放或者羞涩的热情，要么敞开怀抱迎合着阳光，要么躲在阴凉处，让潜滋暗长的情怀和枝蔓盘绕房舍，盈满主人心怀，间接地表达它们在吞吐之间都充满了对光明和生命、主人的热爱。

北田之行对于我来说如同园丁与花卉。我不再是自信满满左右各类花卉长势和形状的园丁，而是变成了比它们还需要土壤、需要修正、拔高的花草。

北田基地各位专家老师幽默风趣地传授着读书写作经验，从对文学的严谨态度开始，如何读书、读什么样的书、如何突破写作瓶颈和怎样在浮躁忙碌的生活工作中保持一颗沉静的心，做一个文学被边缘化的时代里真正的守卫者……所有的谆谆教导像春雨润物一般无声无息浸润了我，滋养了我，影响了我。2016 年的春天，北田的春，我成为一株被换了新土壤汲取营养的花儿，在春风中深呼吸，伸展我的枝叶，向春天深深弯腰，感恩天地、雨露、向它们致以最真诚的敬意。

随着南线采风活动的开展，我看见援藏的兄弟红彤彤的脸庞，得知他的高原红并非与生俱来，那是作为出色的援藏建设的电力兄弟们，在完成使命的过程中，被西藏的风土注入的血脉情深，是在离天最近的地方染上了太阳的热情，是家人心心念念牵挂的无数个日日夜夜的晨辉与晚霞。

我看着一件件发明创造，从外出巡检的器具到机器人，全是兄弟们在工作过程中智慧的结晶。一位工作二十年、专利成果十二项的电网职工，无法不让人动容。人常说，在对的时间遇到了对的人，会激发无限潜能。我们的电网职工，在企业这块沃土上，像一株株茁壮生长的树木花草，遇到了春风、细雨，经过了历练，从现场到软件，从工作到公益，结出了一枚枚甘甜的果实……

更令人动容的，山西的众位文学朋友可能不知道，刘予胜主席对大家的培养和关爱无微不至，一而再再而三打动了我。几天学习的过程中，刘主席一次次叮咛专家组要照顾好培养好山西的小作者们；活动结束时他握手再叮咛，不要忘了北田，不要忘了北田的作者；在返回的列车上，收到刘主席的微信，他询问对北田哪几位作者有特别印象，他将联系他们有针对性地交流学习。作为学者的我，哪里敢为人师，哪里敢在这样负责任的园丁面前有一丝半毫的懈怠？北田的春，豪情与柔情紧紧怀抱着花花草草，倾注着厚土的温厚。我和所有的花草一起盼着风，盼着雨，勤勉耕作，在和风造访、雨露浸润之际，和所有的园丁一起亲把锄头，和颜爱语，翻土耕种。面对诸位可敬的长者，我真替北田的兄弟姐妹们有如此福气倍感欣慰，替自己能在这样的氛围里充满感激。我们是幸运的，因为在这个焦躁充斥身心的生活里，并不是每个人都能在对的时间里，遇到对的人，迎着和风生长在沃土之中。

在爱的气息中，我的每一天都充满了期待和欣喜。我爱花草，看着它们生根、发芽，看着它们在黑色的腐叶土中成长，我四方打听学习栽培技术，一天天一年年积累耕作经验。它们被我分门别类移栽后，很快便招蜂引蝶，吸引众多的眼球。这时候，我最大的乐趣是将它们送给喜欢花草的亲朋好友，看着他们喜滋滋地捧着花而去，我会俯下身来，怀着恋恋不舍的情感看着待嫁的花儿们，充满依恋和猜想。很快地，朋友也将自己钟爱的花草送给我，我们笑容对着笑容，经验叠加着经验，爱也沉淀着。两三年里，家中有花五十余盆，三十余种，一年四季都是花的季节、爱的世界，我置身其中，像花仙子。

我忘了告诉朋友们，我并非天生喜欢养殖花草，而是看到那些被丢弃的花草可怜，一盆两盆捡回来照顾它们，日久生情，我离不开它们，它们离不开我，我照顾它们饮食，它们化腐朽为神奇，给了我一个五彩缤纷的世界，就像北田基地的春。

谢黎明，女，中国电力作家协会会员，宁夏作家协会会员，银川市文学院聘作家。宁夏电业工会、宁夏电力文学艺术学会作家协会首批签约作家。出版散文集《捧着黎明奔跑》，长篇章回散文《再见虢王》，中篇小说集《往生》。三本著作均被选作宁夏回族自治区职工书屋图书。

脊 梁 如 山

马卫巍 | 国网阳信县供电公司

车过雁门关时，映入我眼帘的是连绵不绝、险峻高耸的山脉，它厚重、古朴，带有一种神秘和神圣的庄严。风从远古吹来，金戈铁马，气吞万里如虎，几千年的时光便在浩浩荡荡的山风中缓缓而来，耳边仿佛听到众多英雄儿郎的厮杀之声。万里铁骑激荡起阵阵风尘，飘起来的尘土便在恒山山脉的包容中化作一缕青烟，消失在渐行渐远的脚步中了。

长城横亘在绵延逶迤的山峦中，是一条蛰伏的巨龙。我一直在想，当年的工匠们是如何在这气势险峻的大山之中，用血肉之躯构筑这道坚硬如铁的屏障的。残垣的烽火台见证了几千年的时光，它在时间的消磨中渐渐老去，风烛残年，更像一位饱经沧桑的老者。透过雁门山脉，透过湛蓝的天空，它是不是在回忆遥远的过去，是不是在回忆那一场场厮杀？时间无言，风尘无言，大山无言，长城伴随着战士的鲜血轰然倒塌，但它却无时无刻都沉寂在昔日的辉煌中不能自拔。

长城，也是一座山。

对于雁门关之称我了解不多。随行的朋友告诉我，《山海经·海内西经》言“雁门山，雁蜚出其间。”相传每年春来，南雁北飞，口衔芦叶，盘旋于关隘，直到芦叶凋落，才过得关去。明代《永乐大典·太原志》则称：雁门山“高峻，鸟飞不越，中有一缺，其形如门，鸿雁往来……因以名焉。”汉武帝初年置关后，历称勾注塞、西隃关、西陉关，北魏称雁门关，隋唐时称西陉关，后复名雁门关。返程之后我查阅资料得知，雁门关向以关城雄固著称。《吕氏春秋》称“天下九塞，勾注其一。”《舆图志》《水经注》均称“天下九塞，雁门为首。”战国时为赵国门户，此后多以雁门为郡、道、县建制戍守。尤以明代关城最成规制，并筑“内长城”，与其西面的宁武、偏头两关钩连，以雁门关为统领，总称“晋北三关”。相对太行山的“内三关”，亦称“外三关”。这里峰峦错耸，峭壑阴森，中有路，盘旋幽曲，穿关城而过。明代山西人乔宇在《雁门山游记》中称：“凡山西之关，四十有余，皆踞隘保固，而耸拔雄壮，则雁门为最。”东邻山脉即传说中赵襄子之姊磨笄自杀的夏屋山。我记得儿时祖父教我背诵诗词，其中就有一首李贺的《雁门太守行》。“黑云压城城欲摧，甲光向日金鳞开；角声满天秋色里，塞上胭脂凝夜紫。半卷红旗临易水，霜重鼓寒声不起；报君黄金台上意，提携玉龙为君死。”直至今日，我还记得祖父吟诵这首诗的样子，神色肃穆，眼帘下垂，满脸怆然之色。雁门关的战火从古到抗日年代，几乎每一场都是重要战役，烽烟四起，鼓角声震，战争与和平，生存与死亡，便在红旗翻卷中一次次落幕又一次次得以永生。大山永恒，雁门永恒，长城永恒，泪与血，骨与肉，便在历史的不断推进中化为尘土，深深地埋在这片土地上了。

遥想当年，王昭君罩一脸薄纱，回首而拜离别故土，终是踏上了漫长的路程。这位一生充满传奇色彩的女子，当时又是一种什么样的心情？被召入宫，被贪婪的画师画像，竟莫须有“败家亡国”之相，心里想的又会是什么？她此恨绵绵不甘沉落，不甘深宫白首无人知，毅然踏上了和亲的道路。可以想象，南飞的大雁望着这位惊艳的女子，听着凄婉的琴声，扑落于平沙之上，感受大山的悲凉。纤手琵琶引出一曲千古绝唱，烽烟熄灭引出一曲和塞之歌，此生足矣。我曾听过尚小云先生的老唱片《昭君出塞》，先生的嗓音清亮激越，旋律跌宕缭绕，以板头的变化运用，打破唱腔的固定节奏，展示唱腔的丰富内涵，同时又以斩钉截铁的断和错综有力的顿挫，使唱腔错落有致，往往在平易简约、坚实整齐中呈现峭险之处，显得力透纸背。在《出塞》中，尚先生大胆采用了“文戏武唱”的方法，载歌载舞，声情并茂，把京剧旦行几乎所有的步法都组织进去了，还吸收了武生的身段动作。全剧充分反映了尚派饱满、强烈、清健、豪放的风格。其表演手段层出不穷，通过种种程式化的舞姿创造了一系列动态画面。他运用了大跨腿、大弓腿、大扬鞭、急搓步和上马时单足颠颤、垛泥、趟马圆场等动作，细致地刻画了王昭君的离愁别恨和边塞的荒凉，塑造了口中曲子、盔上翎子、手里马鞭、身上斗篷的王昭君艺术形象，渲染了“马活人俏”的表演效果。这“马上昭君”的载歌载舞，被誉为一幅幅活的“佳人烈马图”。

千古绝唱，也是一种永恒。

“秦时明月汉时关，万里长征人未还。醉卧沙场君莫笑，古来征战几人回。青山处处埋忠骨，何须马革裹尸还……”墓群是另一道风景。说是风景，其实是一种悲怆与苍凉。钢铁甲胄今何在？胭红盔缨何处寻？烽烟鼓角有多少？梦里沙场有几回？千古帝王何踞？绝世美女何去？边塞守将何逝？千万役卒何归？酒可还在否？剑可倚天否？寻遍云起云飞，早已没有了昔日的雁鸣，却见盘旋的雄鹰在飞翔中沉思。浩无涯际的时空，悲剧和喜剧，血与火，都是现代人眼里烧不尽的野草。战争从来都是残酷的，是一部部血泪史，是一篇篇泣血的文字。存亡之际，他们慷慨赴死时做何感想？北宋初期，杨家将镇守边关，统领十八隘口堡寨之兵，遏止辽军从幽州南下取宋，屡战皆捷。太平兴国五年，杨业任代州刺史兼三关驻泊兵马都部署，以数千骑兵击败十万辽兵。雍熙三年，由于统帅王侁、潘美指挥失误、临阵脱逃和挟嫌报复，杨业陷入重围，在朔州陈家谷身负重伤，终至绝食为国。后人承其遗志，焚膏继晷。陆游诗云：“全师出雁塞，百战运龙韬。”“夜沙风破肉，攻垒雪平壕。”英雄已去，尸骨不存，但杨令公和佘太君的彩塑还肃然静坐在雁门关北口的“杨将军祠”内，庄严肃穆，凛然千古。但那些默默无名的士兵呢？他们远离家乡长眠于此，又有谁会记得起他们的名字，记得住他们年轻的容颜？出师未捷身先死，留得忠骨伴青山，大山默默，草木依依，他们同样不朽。

历史的尘埃终究在时间的消磨中渐行渐远，留下的只有无数个传奇让我们回味和深思。如今耸立在雁门山环绕之内的是一基基铁塔，纵横着的是一条条银线，它们在这片土地上散发着耀眼的光芒，东西交融、南北纵横，在亘古不断的山风中挺起了山一般的脊梁。我一直认为，这些铁塔银线就是一座座大山，它们甚至超越了山的高度与厚度。我看见道路两边的杨树倔强成长，不知名的野花儿尽情绽放，它们无惧盐碱的土地，无惧凛冽的山风，甚至无视这辽阔而又寂寞的大地，它们用生命伴随着铁塔银线，弹奏起一曲曲动人的乐章。

我时常在想，要是铁塔能说话，是不是会和雁门关来一次千古对谈？漫卷西风，残阳如血，它们根植在大地上，肯定感受到了千百年以来大地汹涌的鲜血和热度，感受到了大山宽阔的胸怀和狂放不羁的性格。若有酒，不妨一醉方休，徜徉在这座连绵的大山里，做一场穿越千年的梦。

这里的建设工人像山一样质朴，他们的脸庞上带着一层山的颜色、风的颜色还有阳光的颜色。他们用梦一般的年华抒发着自己的梦想。他们用线做笔，将自己放飞的心情画在铁塔之上，勾绘一幅最美丽的风景；他们用大地当纸，驰骋笔墨，把青春之歌写在这片辽阔的大地上，写在险峻的悬崖峭壁上，让年华和雄鹰一起飞翔；他们用自己浓浓的鲜血作墨，将满腔的热情化作滚滚电流，谱出了一曲壮美之歌，点亮万家灯火。我一直认为，所有赞美的话语在这些朴实的人们面前都变得那么渺小与卑微，他们是一首平缓的山歌，是一株平凡的小草，但却挺起了一座山。

当铁塔拔地而起，当银线连贯交错，这片辽阔的土地又会做何感想？变电站里驰骋的梦想是否代表了大山和大地的梦想呢？铁塔无言，银线无言，大山无言，大地无言，就连这些施工者也是默默无言的。在他们心里，已经和这些景象融为一体了。我和一位年轻的小伙子交谈，他说已经六个月没回家了。家的方向又在哪儿呢？小伙子腼腆，不善言辞，但他告诉我，这片土地承载了太多的梦想，承载了太多的希望，而这些希望与梦想，只有也只能通过双手去实现。小伙子漆黑的面颊上涌现出一抹坚毅之色，如大山般肃穆。透过湛蓝的天空，我看见一只雄鹰在盘旋逶迤，它的翅膀在山风中猎猎作响，像远古的呼唤。在铁塔之上，他能够遥望家的方向。他说，袅袅炊烟中氤氲着家的味道，云雾低垂中映射出父母的影子。凝视这片土地，遥想梦里家园，就像一首无言的诗歌。

浪漫的想象并不代表施工的艰辛，血肉之躯打造出的这片雄关漫道，如铁般威严。

这也是战场，这就是战场。

山风吹来时，冰冷刺骨，铁塔之上又怎么能够欣赏雁门山的景色，又如何感慨恒山山脉的壮阔？阳光照来时，炙热的温度紧贴着体表，汗水滑落，滋润着每一株野花小草，它们是默默的观众。机器轰隆的震鸣声，就像远古而来的金戈铁马，激荡起山石尘土，他们一路奔来，带来遥远的呐喊。那些早已化为尘土的英烈，一定会感受到现在这番坚毅之战。飞扬的迷雾里闪烁着一双双凝重的眸子，他们跟随大山大地的脚步前行，编织起输送能源的银网，输送出一股股滚烫的血液。

在变电站里，那些女孩子就像一株株雁门山下的鲜花，她们在无声地绽放着，焕发出迷人的色彩。在她们心里，肯定装着王昭君美丽的影子，肯定深埋着对爱情的憧憬。有一位女孩有些脸红，她轻言细语，像一缕春风。她告诉我，在这里她们不是鲜花，只是一株不知名的小草或者是一株倔强的杨树，感受风沙之凛冽，感受大山之厚重，感受大地之沉稳，正是这些充实了自己的内心。

夕阳落下来的时候，余光从雁门山投过来，大地和变电站全部被涂上了一层火红的颜色。雄鹰飞得很远，白云升得很高，天空更加辽阔，整片大地就显得格外静谧。女孩子撩了撩滑落下来的刘海，有些不好意思地说，你看，这风景多美，就像一幅画。很难想象，一般的风景又岂能打动这些女孩子细腻的内心？但这些风景却闯进她们的心里，升腾起一团团火热。她的面颊涌上一抹红色，像一只红苹果，透露着芬芳。在大山下，在铁塔下，在变电站中，她显得格外渺小，渺小得如同尘土，如同一只晶莹的萤火虫。我想，渺小中散发着伟大，她们已经成了一座座山峦。

夕阳退去的时候，夜色涌上夜幕，星星升了起来，一轮弯月嵌在天边，大地彻底平静下来。此时，山风也渐趋平稳，慢慢地、缓缓地吹着，带来了春天的气息。玉兰花开了，连翘花开了，桃花、杏花、梨花开了，不知名的山花也竞相开放了。恒山之中，雁门山之下，铁塔银线肃穆无言，建设工人安详平静，一切波澜不惊，感受千百年以来沉淀出来的沉稳与厚重。依山而望，伴山而眠，重温古时的梦境，他们又是一种什么样的感受呢？夜色安详，大山沉静，一切都在不言之中。

他们是一座座脊梁，他们更是一座座山。

马卫巍，1982年生于山东阳信。文学作品先后发表于《散文》《山花》《山东文学》《当代小说》等杂志，多篇散文、小说入选《小说选刊》《小品文选刊》等。短篇小说《萤火虫》入选《2015年中国短篇小说年选》。业余习字画画，多被友人收藏。2014年被评为第二届“齐鲁文化之星”。

山 西 的 面

李晋瑞 | 中能建山西电建三公司

我还没到抱娃守地、抬腿迈不开步的年龄，可一说出门，心就犯怵。山西人守家恋家是出了名的，你去晋中看看那些深宅大院，哪一座不是年轻时南下武夷，北到恰克图，一生辛劳，到老了带着财富怀揣乡愁的落叶之处。然而，因为文学，总是难免以这样那样的理由，到这样那样的地方与人相聚，一两天还好，三四天得坚持，五天之后，就必须打道回府了。不是说我这个人就怎么个色，实在是胃受不了，一方水土养一方人，是它想家了，我得陪它回山西吃面。

山西的面很有名，种类多，口感好，做工精致。每逢有朋友来，一碗刀削面，一盘小炒肉，听着朋友吸溜之余的赞不绝口，心里总会产生说不出的自豪感。朋友说，这山西人是不是白天挖煤，晚上躺在床上尽琢磨面了。我说，我们踩着尧的土，喝着舜的水，五千年文明还煮不出一碗面？当然了，这只能是开玩笑，尽管余秋雨先生在《抱愧山西》中讲，民国之前山西曾是海内最富，但我们只要听听那走西口的悲怆与无奈，就可以理解山西曾经是最富，但不是所有山西人都富。就拿这山西的面来说，我始终认为恰恰正是山西人苦的写照。

前几天在榆次一个叫北田的培训中心听韩石山老师的课，他讲山西是个农业省份，每年的粮食却要靠调拨。这点我信，去晋北看看那满是圪梁梁的黄土高坡，你就会体会到那里的人生活有多艰难了。打卤面、臊子面、油泼面、酸汤面、炝锅面，仔细品味，第一口是香，第二口就变成咸了，为啥？没菜呗！每天到瓮里挖一瓢面倒进盆里，总不能一年三百六十五天给男人吃手擀面吧。女人心细，知道怎样去疼男人，于是她们就从水温、用力、材质、器型、辅料上用尽了心机，一切发明都是由心里而生的，于是一碗碗剔尖、削面、拉面、剔拨籠、莜面卷、不烂子、一把抓、银包金、隔层面、流疙瘩、小开条、一根面、抿蝌蚪、剪刀面，端到了桌子前。男人吃得欢，女人心里甜。我想，这碗面也就不仅仅是一碗面了。

由此可以看到山西女人的用心，由此可以想到后来山西人做事的认真。正好参加“中国电力作家走进山西”采风活动，我们选择中线，走进了特高压变电站建设工地，采风组的很多同志感慨建设现场的热火朝天，赞叹新技术新工艺的运用，但吸引我的却是那些犄角旮旯的地方，那些用废旧包装板做成的垃圾收集箱，那些刷成黄黑相间水泥浇筑物边上的护角，那些标识牌下拃把儿高的圆管护桩。当时我就想，是谁啊，竟然如此用心？后来到所在地供电公司做客，遇到他们公司的文化达人，一对剪纸姐妹和一个摄影达人，听他们聊自己的故事，打动我的不是他们的艺术水平、摄影技术和获得的声誉，而是他们的用心。谁都知道剪刀是干什么的，山西就有一种面叫剪刀面。山西女人能把一团面剪出花来，让食者入口难忘，剪一张纸还有何难？摄影达人更是厉害，日记坚持三十六年，每天驾车行多少路，走什么路，加多少油都记录在案，如此的用心，难怪汽车4S店要买他的记录。如此之人，哪还会有不成之事。想想在特高压变电站的所见也就找到答案了。

我是山西人，爱面，尤其是家里的面。随着年龄的增长，出去多了，轰轰烈烈的事情也就看倦看厌了，山珍海味尝个鲜还行，但吃久了就觉得不对劲儿，即使到欧洲该吃汉堡的地方，即便到泰国要吃海鲜的地方，但坐下来打开百度地图的附近搜索，第一个输入的还是“山西面食”。还是在北田这次文学活动中，一位南方的朋友坐我旁边，看我吃褐黑色的油面鱼鱼。她说，那东西又黑又黏，看上去好丑。我就笑了。我说，这世上的东西啊，美有美的历史，丑有丑的渊源。

我是山西人，爱面，真是没办法。当然，我不是说，面子那个面。

李晋瑞，中国作协会员，山西作协全委委员，山西作协签约作家，中国电力作协会员，鲁迅文学院第八届高研班学员。著有长篇小说《原地》《爱上薇拉》《中国丈夫》等五部、中短篇小说集《陌生人的玩笑》。

北田，文学的新高度

李治山 | 国网宁夏电力

将一次文学创作的培训与采风推向一个类似的文学运动，是举办人始料不及的。将一个文学培训的举办地提升为一种文学现象的标志，是所有参与人始料不及的。北田，晋中平原的一个普通小镇，在中国电力作家协会的一次文学沙龙之后，成为两百多名写作者笔下共同追逐的命题，是小镇的所有主人和客人始料不及的。

怀着轻松愉悦的心情，我第一个进入小镇进入北田培训基地。基地有亭台阁榭，亦有别墅公寓，加之春意萌动百花初放，风景自然极好。好风景正合拍了我的好心情。好心情的理由很简单，就是此次活动没有写作任务。采风不用写东西，对于一个文债如山的作者来说，该是一件多么惬意的事情！

大概是第一个进驻的缘故，接待者的热情让我措手不及，他抢过行李箱一直将我送入房间。房间的大落地窗正向阳，书写桌、网线、台灯俱全。道过谢之后，我随口问他，参加这次采风的共几人？他说大概两百多人。我想他一定是听错了。我对他说，您说的可能是其他技术培训班，不是我问的活动。他欲言又止，微笑着退了出去。

早到无事，赏了盛开的玉兰、流彩的迎春、粉的桃花、紫的丁香，又去登了假山、过了拱桥、观了碧水、听了流瀑。虽是美景，平时也并不鲜见，于是出院门去逛小镇。北田小镇楼高不过四层，街宽不超八丈。三条主街呈一个“工”字，上一横为老街，下一横是公路，连接两横的那一竖虽不太直，粗壮倒不逊于上横。竖街左手侧多为旧宅，右手侧均是新居。街中一座旧城门，上有灰砖镶嵌的“北田永安门”字样。探头进去，门后皆废墟，辨认半天，未知古镇原址是门内还是门外。继续前行，却再未觅得一处旧迹。信步走进一面馆，欲用一碗刀削面换得老板对古镇做一番追忆。无奈小老板的方言如他的刀削面老陈醋一般地道，一碗面下肚，他的话竟一句没听懂，悻悻然打道回了基地。

公寓大厅早已人满为患，报到处则水泄不通。正诧异间，窗根下一老作家冲我挥手。鼓足勇气挤过去，未握手先问，什么情况？答曰，皆鼓捣文学者。诧异陡变大惊。

午后与大名家赵瑜先生聊电力文学，开谈皆为此次活动人数之众而嗟叹，前所未有之文学盛况，组织者之大手笔云云。下午众名作家讲座，晚饭后分体裁交流，演讲者激情迸发，到会者虚心恭听，座谈时热烈讨论。三天的培训交流，每天日出开始深夜结束，再未偷得片刻闲暇出院门走上古镇小街。

前三日是播种，最后一日已丰收在望了。在两百人分头采风的路上，无数诗歌已在车厢里盛开。一天的电力特高压之行，到凌晨最后一批才安全返回。

一次本以为轻松的采风，在毫无喘息之隙的紧张安排中结束了。在返程的火车上大睡了一觉，睁眼已是故乡景色。打开家门，打开 WiFi，打开手机，老妻尚在问午饭焖米还是擀面，铺天盖地的诗歌散文已爆棚了手机……

未部署创作任务而文诗雪片般飞出，定是诗人怀了豪情作家来了灵感。未布置作业而迫不及待书写出的作品，自当是发自内心喷薄而出的美文。一篇篇一首首读去，竟也受了传染，大有不写北田心难静的感觉。

北田就是一块生长文学的沃土，种下文字，就会长出篇章；种下情节，就会长出故事；种下纸笔，就能长出书籍；种下梦想，就能长成作家。有同仁建议，应该将北田定为中国电力作家协会的“创作之家”或“创作基地”，大概也是认为这是一块有文学高度的风水宝地。

我在幻想，如果这位同仁的建议成为事实，将来的北田会是什么样子呢？首先她会长高，其次她会长美，也许现在的“工”字小街会变为“井”字大道，也许现在的小面馆会变为大酒店，也许现在的小老板会成为“大土豪”，也许现在地道的北田方言会成为“晋中普通话”。因为，会有一个诗人将遥指杏花村的牧童带到北田，北田或因诗酒而闻名。因为，会有一个作家在“北田永安门”后的废墟挖掘出传奇的金戈铁马、演绎出绝世的男欢女爱，北田或因一本书一部剧而轰动。因为，会有一批又一批的作家，将北田的名字写在作品的最高处……

无论如何，北田已站在了一个新的文学高度。无论如何，北田的文学土壤里已经浇灌了组织者刘克兴、潘飞、刘予胜的心血，已经播撒了授课者韩石山、赵瑜、尹汉胤、王祥夫、顾建平、胡翔、鲁顺民、萧立军的汗水，已经育出了第一茬来自国内和省内的电力文学树苗或小草……

我期待着北田古镇，期待着永安门内埋藏的精彩篇章。

李治山，中国作家协会会员，银川市作家协会副主席，宁夏电力文学艺术协会副主席。1989年开始发表文学作品，至今已有200万字。出版中篇小说集《梅花崖》，散文集《草花如莲》，报告文学集《电河飞虹》，长篇小说《农村兵》《七十二匠》等。作品多次获省部级文学奖项。

庭院深深梦剪纸

张富遐 | 湖南省资兴市东江水电厂

从云的婚礼上回来，更多的是回想她新房里的剪纸和窗玻璃上贴着的各色窗花，那是我们同行到平遥时收获的最好礼物。

一个夏日的黄昏，沐浴着夕阳的余晖，我们相约到了平遥古城。古城真的有些老了，斑驳的城墙上透着沧桑，写着苍凉，甚至断砖残墙内还弥漫着战争的气息。但我却喜欢空气中弥散着的淡淡醋香、尘土味，还有剪纸艺术里浓浓的人情味。

入住“熙仁泰客栈”后，我在迷宫般的深深庭院里寻找自己的房间，穿越几曲回廊，路经“花好月圆”“别有洞天”“天光云影”“宁静致远”等小屋，在挂着红灯笼、贴着窗花的卷帘门前，我看到了“淡泊明志”的字样，这是我今夜的归宿，也是我一生向往的归宿。放下行李，来不及多想，就和云投奔古城的街市。或许古城的夜晚是最具魅力的，那些沿街的红灯笼亮起来了，喜洋洋笑迎南来北往客，贴着窗花的玻璃被室内灯光点亮，朦胧间就有了许多温暖的怀想，而我和云则一头扎进剪纸世家李秀英的店铺，消费掉了大半晚上的时光。

云在剪纸店里挑选着自己结婚用的款式各异的喜字，而我则是毫无知觉地被吸引，陶醉在或素或彩的剪纸艺术里。那些或大或小、或圆或方、或单一或重叠的剪纸图案，线条明快、流畅，内容丰富、凝练，寓意灵悟、深远，使人恍如走进了红尘之外的伊甸园，是目极世间之色，耳极世间之声，身极世间之安，口极世间之淡之后一种对灵魂的洗礼。诸如“千手观音”“百蝶图”“八节康宁”“五毒协和”“四合如意”“双喜临门”等，把中国的吉祥数字与一年的节气联系起来，使人更多了几分对宇宙内、天地间万物神秘契合的由衷向往；那些花鸟鱼虫、飞禽走兽则栩栩如生，应有尽有，使人陶醉在与大自然和谐共处、与生灵们息息相关的人间乐园；一些代表人物如“圣人孔子”“红楼梦人物”“水浒人物”、戏剧人物脸谱等，惟妙惟肖，神态逼真，不仅使人在欣赏剪纸的同时品味艺术作品间的相互融合，也感受到了剪纸艺术在中国传统文化的源远流长。民间艺人那一双巧手，是如何将大千世界的万物生灵、民间传说汇集于一把小小的剪刀之下的？给人以心灵的启迪、情操的陶冶、生命的哲思，令人叹为观止。剪纸和邮票、火花一样都有观赏价值，却又具有了美化生活的价值。逢年过节，娶妻嫁女，寿诞之期，红、黄等色剪窗花贴在门楣或玻璃上，清新、大方，使自家的院落喜气盈盈，生机盎然。云在温馨的剪纸家园里，为自己挑选了许多精美的剪纸，想象和她的“百子图”绸缎被褥辉映在一起，一定是别具风格，时尚中透着传统。而自己在十余年前走进婚姻的殿堂时，也曾在新房的窗子上、门楣上、床头上贴满了各式各样的剪纸，只不过那时是请身旁的朋友剪的，没有如此多翻新的花样。至今还保留着一张特大号“心心相印”的花鸟双喜图，它代表的是一种仪式，更是一种传统婚礼的古典情结。

店铺要打烊了，我们才依依不舍地回到客栈。其实，在剪纸之乡平遥，剪纸是无处不在的，无论是饭店，还是客栈，抑或是农家小院，几乎有窗子的地方都会贴上几张剪纸，单色的剪纸粗犷、质朴，彩色剪纸则婉约柔丽，剪纸的图案往往寓意吉祥。如鸡和如意图案表示吉祥如意；莲和鱼图案表示连年有余；“八节康宁”表示一整年都平平安安，健健康康；梅兰菊竹则表示君子的气节。

我的住处窗子上则贴了一幅书童嬉戏图，正应了“淡泊明志”的主题，屋内墙上的一首唐人朱庆馀《近试上张水部》诗：“洞房昨夜停红烛，待晓堂前拜舅姑，妆罢低声问夫婿，‘画眉深浅入时无？’”则多了几分雅致，也仿佛迎合了第一次到平遥旅人新娘般的心情。仰面躺在床上，透过屋顶天窗，便可欣赏到夏日夜晚满天星光了。一种感觉油然而起，一个人在古城是很容易迷失的，若不告诉任何人，今夜身在何处，又有谁会在意一个人的来处和去向呢？即使告诉了亲朋好友在平遥古城，在这个庭院深深的一个角落、一个小屋里，又有谁会找得到呢？想想还有那些剪纸，那些飞鸟、花卉、人物生生不息，在身旁起舞、在古城翩然、在许多人的梦里绽放，心里就踏实了许多，安静地融入古城的夜色。

“梦里不知身是客”，今夜我一定会梦了、醉了，梦见自己成了平遥的一夜新娘，醉成了剪纸红红的脸庞。

张富遐，中国作家协会会员，中国电力作家协会会员，中国诗歌学会会员，郴州市作家协会副主席。曾出版诗歌《回眸花香》《天地之间》《富遐短诗选》（中英对照）和散文《风在行走》。

爱　在　北　田

朱志恒 | 国网合肥供电公司

4月，我第三次去山西。夜幕中飞抵太原，沿着高速一路飞驰，子夜过后方才匆匆到了山西榆次北田。当车灯照射下的暗红斑驳古朴的大门，带着一丝神秘感拉开，注定要在三晋大地有一段难忘的经历……

在春意浓浓的北田，聆听诸位名家导师的讲座，给自己一种久违的充电感，那种吸吮般的补充思想营养的过程，让我对文学有了更新的认知。带着中国电力作家协会领导交代的摄影任务，短短几日内，与我朝夕相处相伴的就是相机，白天晚上拍摄，深夜汇聚到临时的微信编辑部下载、挑选照片，再接受新的拍摄重点和要求。每晚能在凌晨一点前睡下都成了梦，但再忙再累心里都充满了欢乐。

因为在这段极为有限的日子里，与我们这些曾是网络世界里熟悉的陌生人们，那些才华横溢的系统内作家老师、朋友们一起说着共同感兴趣的话题；一起和山西电力的文友们交流畅谈文学创作的体会；一起徜徉于北田不亚于江南的美景中享受春天；一起争论那棵高大、开满白花并纷纷扬扬散落地上的树究竟是梨树还是樱花……一天天相亲相爱，一家人的感觉油然而生，彼此没有了地域的界限，没有了年龄的差距，心静，心近！这份情谊倍加珍贵！

我发自内心地喜爱他们，珍惜和他们欢聚一堂的宝贵时光。自己能为他们做的便是用镜头将这一切美好画面记录下来，也知道他们中很多人要著书立说，好的、合适的个人照片能让他们的书籍增色。于是我便主动端起相机，以北田优美雅致的风景为背景，为他们拍下了一张张令他们满意的个人美照，寄望将来能让他们派上用场。

在这次活动仅有的一次采风活动中，我选择了去塞北的光明行。

对塞北是从 20 世纪 80 年代初一首颂扬那里的雪的歌，有了最初的概念。此番采风去朔州才有了走近的良机。

厚重且弹痕累累的塞北历史与风情，随着历史沧桑变迁。我亲眼看到高速公路边的雁门关、古长城，与一个个在书籍里读到的印象深刻的名词匆匆擦肩而过。一马平川的广袤土地上，盐碱地上一望无际的光伏阵群，在建的晋北特高压站，路边长长的浩浩荡荡被紧紧覆盖的拉煤车队，已有了很大变化。从煤到绿色能源，遥远的梦正在逐步化为现实。

在朔州供电公司，他们自身较好的工作生活环境，以及他们为客户真诚服务的火热的心，都在那个下午尽收眼底。特别是那天与劳模先进面对面，他们的事迹令我心生感动。黄昏时分站在特高压站内的思索，真切感受到山西电力人有如雁门关般“一夫当关，万夫莫开”的勇气和智慧，在巍巍的太行山和吕梁山间，在滚滚的黄河波涛中，书写铸就着无愧历史和先人的崭新伟业。

归途已是星光满天，沉沉的夜幕中，一段动人的优美旋律回响在心间，嘴边再唱出《我爱你塞北的雪》时，已是别有一番感受在心头。

也许是太爱北田，也许是真的不想离去，于是便发生一件临行前的囧事。离开的那个早上，我急忙吃完早饭就和已约好的林平兄等人抓紧时间去大院南边的那个很有四合院味道的古朴房舍看看，一进去就兴冲冲地拿出相机拍摄，谁知相机里没有卡。这才想起为了及时导出活动的精彩瞬间照片，卡还静静地插在读卡器里呢。幸好林平兄带相机了，将我与这个古色古香的建筑的合影留了下来。

爱在北田，情洒朔州。塞北土地上造就的劳模，深深感召着这群外来客，一片片向天借电的光伏阵地，祈盼光伏发电能让贫瘠的土地闪耀出富裕的光芒。而宏伟的特高压强烈震撼心灵，敬佩、赞叹，难以言表！

千里之外，山再高，路再远，依然挡不住心中的爱。北田，我会永远记住你，想念你！

朱志恒，中国曲艺家协会会员、中国电力作家协会会员。三十多年笔耕不辍，撰写的数百万字的文艺评论、纪实文学、相声小品、微电影、散文等作品发表在《知音》《喜剧世界》《演讲与口才》《文化娱乐》《中国电视报》等报纸杂志上。

当我们怀念北田时我们在怀念什么

吉建芳 | 国网陕西电力

打开记忆的闸门，山西北田之行的许多人和事便争相奔涌而至。虽只短短数日，但在活动组织方和主办方的共同努力下，达到了超乎想象的喜人效果，以至于在活动结束后好长的一段时间里，依旧沉浸在那颇为纯粹的“文学狂欢”中，继续舞之蹈之歌唱之回味之，只要一提起山西或北田，情绪立时就高涨起来。这是一场关于电力文学的盛宴，这是一次关于电力文学的盛会，这是在文学逐渐式微的当下重振电力文学雄风的一次壮举，这更是电力文学大船再次起锚远航的风向标！

又见桃花开

站在没有阳光的窗前，我的心情有一丝轻浅的莫名的甚至很难被察觉的忧伤。时常总有些淡淡的忧郁，虽也偶尔调皮偶尔疯狂偶尔不羁，但多数时候更愿意沉浸在自己的世界里，只要有阳光就好。

我喜欢阳光的味道，喜欢阳光的怀抱，喜欢阳光带来的种种美和好。不能忍受刚刚还被阳光洒满身时的温暖转瞬就被隔绝，伸出手臂，果断地毫不犹豫地甚至有些迫不及待地，却也没有任何期待地去拉扯那

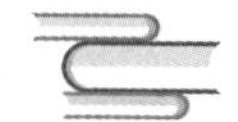

厚重的绒布面料的帘子。绒帘上镶着的一个个圆环极不情愿地滑过牢牢钉在墙壁上的横杆，从中间滑向两边，伴随着轻微的金属对象相互的碰撞声，扭捏着拥挤着发出突兀的声响。

透过还散发着洗涤剂清香的白纱帘，隐隐约约地看到窗外一些春日美好的景致。我继续追索阳光，轻轻地轻轻地拉开薄的白纱帘，一株正在艳丽绽放着的粉嘟嘟的桃花立刻出现在眼前，猝不及防，似乎都能感觉得到来自对方火热的情意毫不犹豫地扑面而来。我并没有不假思索地迎上去，只定定地看着眼前的一切，有些诧异。然而更为诧异的是，桃花的近旁伫立着一树同样茂盛浓艳的桃花，同样的热情奔放，同样的生机勃发。她们之间究竟是怎样的关系尚不清楚，但那种蓬蓬勃勃的生命力和简单直接传递来的正能量，立刻就让一颗脆弱敏感的小心灵醉了。

我愣在那里，一时有些不知所措。

后来的日子里，我迅疾把自己没入那个以文学的名义聚拢在一起的人群，按照日程安排的节奏紧紧跟随，同时不忘自己各种需要兼顾的使命，亦不忘随时关照桃花和桃花们的存在。无论晨曦渐起还是艳阳高照，无论夕阳西下还是晚风拂过，她们都近在咫尺相依相随，一起观蝶儿热舞赏蜜蜂闲飞，一起品露珠的甘甜尝雨水的滋味，温馨，甜蜜，安闲而又美好。

那一朵朵次第盛开着的桃花，又何尝不像电力文坛一样，三朵两朵不是春，群芳竞艳春满园。

每个清晨第一眼，看到的是桃花；每个夜晚入睡前，看到的也是桃花。艳丽而又热烈的桃花，不只有伫立在窗外的她们，在北田培训基地那个精致的院落里，在春风吹过的晋中平原上，在春雨浸润后的角角落落，都会有她们妩媚妖娆的身姿，娇俏可人，影影绰绰，或明目张胆。

从太原南火车站前往北田途中，我就已经被道路两旁一簇簇一株株艳粉热烈的桃花深深吸引，她们在这春夏之交的北方大地上尽情绽放、恣肆盛

开，甚为引人注目。与她们的热情相映衬的，是黄色的迎春花和连翘，是素雅洁白的梨花，是优雅雍容的玉兰花，还有暗香浮动内敛含蓄的丁香花，但唯有桃花让人难抑地产生浮想联翩的渴望。

工作之外的人们大都多少有那么一点儿个人爱好，那爱好或者于工作有益，或者仅仅只是填补业余生活的空白。但能因这爱好的缘由而得以出一趟公差，暂时离开朝九晚五周而复始的办公室和十分熟悉了然的人事，心情怎的可以不愉悦，心境怎的可以不Happy，心儿又怎的可以不尽情飞扬。自然满目所及皆是含笑的，喜悦的，欢喜的。

回想来时路，飞驰的动车和车窗外急速掠过的景物丝毫不影响我的状态，沉溺于正在阅读的书中，思绪跟随书中人物和场景的起承转合而起起伏伏。如此，数小时的路途光阴便不觉得枯燥或可惜。

感念接站的师傅来回奔波的辛劳，我以花事作为搭讪的由头，“师傅，您说路旁这些粉颜色的是桃花吧？”“是桃花。”那黄色的呢？迎春花还是连翘啊……

那几日，我房间的窗帘几乎一直是拉开着的，窗外总有或多或少的人们流连花间或徜徉柳下。这令我不由地想起那句“你站在桥上看风景，看风景的人在楼上看你。”可惜不是明月装饰了我的窗子，而是桃花。那些盛开得早的，已经悄然丢下一地落英，让人望之一眼不由心生惋惜之情……我独自做着自己的事，偶尔扭头去看看欢乐的人们，也是美好！

刚到北田的那天下午，我与同伴乘坐8路公共汽车去看望走过风雨沧桑辉煌不再的榆次老城。破旧的公交车灰头土脸，车上稀稀落落的乘客大都面无表情，乡间粗糙的柏油路既不平整也不宽阔，倒是年轻的司机很是阳光健谈。他乐于向陌生的女子介绍自己生活的这个地方，关于它的过去和沿途不多的几个景点；我也乐意倾听当地人谈论一些自己的好奇，遂东扯一句西拉一句地闲聊着。颠颠簸簸的车窗外时有一簇簇烂漫的桃花闪过，间或闪过的，还有果园矮墙上探出头来的苹果花。

还记得一天午饭时，一位热情的大妈到饭桌旁邀请大家去附近看正在举办的一个展览。出于好奇也出于热爱，顺便也可以在饭后散散步，我们三人相伴前往。大妈一路上都在絮絮叨叨地说着自己走上书画之路的初衷、所得和收获，以及大家筹备这个展览的种种，情绪十分激动。不多一会儿就到了镇上的一处民房，床上、桌上、沙发上、墙上到处都是字画，一些明显处于学习阶段还很稚嫩的书画作品被简单装裱后或挂或铺着，有的甚至没有装裱只是被精心卷放在一起。房子的陈设布置极其简陋，书画的纸墨也都不甚讲究，唯一让我难以轻易忘却的是老人们的热情。

守候在那里的是一位老爷爷，他并不多说话，但看到有人来明显高兴至极，立刻起身热情又局促地招呼着大家，沟壑纵横的脸庞真诚地绽放成一朵花。带我们去的大妈则更加热情，一歇不歇地一幅幅给大家讲解着、翻看着，有的作品标签上还用怯怯的笔迹写明价格。老人们的眼神里尽是期待，让我不忍与之直视。

那些或写意或工笔的花花草草中为什么偏偏没有桃花呢？一瞬间，我竟有些莫名的怅然若失，脑海中旋即想起刚到北田那晚的一些见闻。

从榆次老城回到镇上时天色已晚，错过了晚饭时间，几个人遂在镇上一家夫妻档小饭馆填充了一些本地特色吃食。期间了解到，兼做厨子的老板和兼做服务员的老板娘竟从小学一路同行，直至结为夫妻，儿女们也都很成器。饭馆门口挂着的大玻璃相框里展示着他们同学时的一张张合影，那些黑白照片记录了一段段历史，也记录了两人共同的美好过往。

与夫妻俩挥手作别后，一行人在小镇寂寥昏黄的路灯照耀下往回走。中途我回眸去望，发现大家走出老远了夫妻俩还站在店门口观望着，店里明亮的灯光把俩人的影子投射在店铺前的路面上，拉得好长好长。我突然觉得眼里一热：不知道小饭馆的门口有没有一丛桃花呢？

如果有，想必此时一定已经开至荼蘼。

北 田 以 北

外出采风那天早饭后，大家满怀欣喜地乘车从北田出发，一路向北，向北。

一群热热闹闹的人们凑在一起，难免叽叽喳喳又嘻嘻哈哈。途中，东道主之一的要晓丽手拿话筒只穿针引线，就有性格活泼的人们相继登场一展歌喉，穿插其间的还有诗歌朗诵和咿咿呀呀的戏曲。于是乎，窗里窗外都是一派勃勃生机的景象，让本来枯燥无趣的路途也变得活色生香热闹非凡。

我有幸与《华北电力报》副刊编辑张文睿老师坐在一起。张老师很早就是副刊编辑，既能编又能写，他编的副刊在行业内外都红红火火的那个阶段，我还不曾专职做副刊，也没有开始从事文学写作。当我的文学写作多少有了一些进步，也开始担任副刊编辑时，电力企业里像张老师那样多年来一直既编版面又持续写作持续发表的副刊编辑已经越来越少，及至寥寥。他，分明就是业界的佼佼者。

在我的人生旅途几个拐点处，都曾站着原《西北电力报》副刊编辑韩小士老师，而张文睿老师也曾在一些重要人生节点上，给过我许多中肯热情的建议和非常实际的帮助，令我十分感激。聊天期间，张老师不忘拿过话筒唱了几首悠扬的小调，自是大家从流行音乐排行榜和电视上的音乐节目中无法听到的美妙，朴素，婉转。谈音乐谈电影谈许多共同感兴趣的话题，张老师还分享了他下载的一些日本歌曲。被广为传唱的《又见炊烟》，邓丽君和王菲都曾用她们各自不同的嗓音深情演绎过，然而当石川小百合的日语原唱通过耳机缓缓流淌出来时，我愣住了——原来同样的旋律听起来还可以这样更加优美啊！原来相似的唱词还可以唱出这样更有味道的感觉啊！异国歌手那柔美的腔调、日语吐字发音的轻浅呢喃，以及歌词以小见大的温馨和美好，都令我深为所动，只一瞬间就不能自抑地有些感伤，泪水转瞬就毫不犹豫地夺眶而出。起初还用纸巾轻轻擦拭，后来只得任由泪水一路奔涌而下，胸前的衣襟很快就被濡湿了一块，忧伤的情绪过了好一会儿才渐渐平复。

《又见炊烟》
作词：庄奴
作曲：海沼实
又见炊烟升起　暮色罩大地
想问阵阵炊烟　你要去哪里
夕阳有诗情　黄昏有画意
诗情画意虽然美丽
我心中只有你
又见炊烟升起　勾起我回忆
愿你变作彩霞　飞到我梦里
夕阳有诗情　黄昏有画意
诗情画意虽然美丽
我心中只有你
夕阳有诗情　黄昏有画意
诗情画意虽然美丽
我心中只有你
诗情画意虽然美丽
我心中只有你

《又见炊烟》的原曲为一首日本童谣，后由斋藤信夫作词、海沼实作曲为《星月夜》。二次大战结束后，改写成《里之秋》，是描写母子在家祈求战后南方的父亲平安归来的场景——

《里之秋》

作词：斋藤信夫

作曲：海沼实

静谧的　静谧的　村落之秋

屋后那个果树果子落下来的那天晚上

啊　只有我和妈妈两个人

正在用地炉煮着栗子

明亮的　明亮的　星空

野鸭正在夜间渡行

啊　父亲的笑脸啊

在吃栗子的时候就想起来了

另一个版本的歌词是：

静谧的　静谧的　故乡的秋天

后门果树的果实熟落的秋夜

妈妈和我　我们两个

围坐在地炉旁　煮着栗子

明亮的　明亮的　星星的夜空

鸣着鸣着　夜鸭游过的夜晚

在吃栗子的时候　不由想起

爸爸的笑脸

再见了　再见了　椰子岛
希望驾着扁舟的爸爸
能够平安无事地回家
今晚也和妈妈一起祈愿着

MV中的母子俩人穿着朴素，但脸上都洋溢着幸福和喜悦，很知足很满足很温馨的样子。家里有后院，就必定会有前院，有住房，那么就不是无家可归者；有果实从树上掉下来而不是被打下来，就说明有食物吃，不至于食不果腹；当一家人有房子可住、有食物可吃，又有衣服可以穿的时候，这说明人的基本生存是有保障的，但就是那样一个看似稀松平常甚至有些庸常的生活场面，被词作者悉心描绘出来，被作曲家赋予优美的意境和旋律，被演奏家伴奏并被歌唱家声情并茂地演绎出来，那样的场面是可以打动人心的，而且直击人心中最为柔软的那一处。虽然它描绘的其实不过是人们平常生活中一个很小的点，也是极其司空见惯的一个生活场景，但那又怎样？它打动了你，它令你感动，这就说明它成功了！

平静下来后我暗自思索，我们总是在谈论和书写一些过于宏大的叙事题材，题材大了自然难免空泛或不可控，也难免在面面俱到的同时有些撒胡椒面，缺乏感动人的细节。而如果没有了细节，没有了令人为之动容的细节，没有了让人读后过目难忘的细节，一个文学作品再怎样题材好架构好文笔细腻或洒脱都难以打动人心。不能打动人，不能让人感动，那样的作品自然难有生命力。那么，一个没有生命力的文学作品，又何谈传播和流传？！成为经典，更是连想也不要想的事。

时隔多日后，我总是会不自觉地想起那一瞬间的感动。那感动不只是感动于一首旋律优美的歌曲，或者一个亲情融融的生活场景，而是感动于艺术之美和艺术之魅，感动于艺术家能从看似平常的甚至有些平淡的现实生活中，发现美好，留恋美好，并对未来满怀希冀、无限神往的情愫。如果心中有美，那么生活中处处都能找到美，哪怕一片树叶，一朵小花，都有它独特的美。

在几天后的一个活动中，一位颇为知性的大姐姐在发言中说道：生活不都是快乐和幸福的，生活中也有许多的落寞和寂寥。套用时下热议的一句话则是，生活不止诗，也不止远方的田野，生活还有眼前的苟且。但只要我们用欣赏美的眼光去欣赏阳光和雨露，用欣赏美的眼光去欣赏花草树木，用欣赏美的眼光去欣赏山川河流，就会发现它们恬淡而愉悦，清新而爽快，寥廓而深远……生活中的美充斥在各个角落，只要你学会发现，学会欣赏，为心灵打开一扇美的窗户，智慧的光芒和生活中炫目多彩的美就一定会呈现在你的眼前。

诗和远方的田野

采风途中，我对那个"全国质量信得过班组"——朔州供电公司变电运检室油化验班的瓶瓶罐罐表现出了极大的兴致。身穿白大褂的工作人员耐心细致又不厌其烦地一一讲解，直至我看上去好像听懂一样。虽然实则仍旧听得一头雾水一知半解，倒也无妨，毕竟隔行如隔山，我也不打算把自己搞成这方面的专家，只是出于好奇想略知一二罢了。

沿着计划中的路线走马观花地看了"高建国劳模创新工作室"，实在因为人太多没能挤到近前，只在人们整体转移到下一个地方时才进去匆匆看了看，即之为创新，必定有许多过人之处。

在朔州供电公司的职工书屋，我随手拿起桌上摆放整齐的打印资料，竟是一个评论文字，而且还有关于《狼图腾》的，怎么可以不仔细瞅一眼呢？！原著是为畅销书，电影则是由一线编剧芦苇亲自执笔，来自法国的著

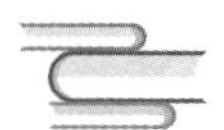

名导演让·阿诺等一干人马花了五年时间精心打造而成，首映当日我就直奔影院，感动之余也写过一个热气腾腾的影评以抒怀。

参观了女职工书画摄影手工展，对那幅十字绣的《清明上河图》心生羡慕嫉妒，自己画都画不了那么好，人家竟然拿一根针一根线就绣出来了，看来人间处处有高手啊！进入职工活动中心，走过体育馆、羽毛球馆、健身房、瑜伽室等，我自己给出的结论是，这个企业是重视职工文化生活的，而且重视职工文化生活已经有好些年了，这从运动场地并不算新的地板、磨损相当严重的自行车座和瑜伽室的木质把杆可以略窥一斑。没能忍住，我抬起一条腿搭放在把杆上试着练习压腿，感觉木杆就是好，不冰冷，也不会伤到人。

短暂的座谈会上，观看了国网右玉黎明共产党员服务队、山西省特级劳模高存博和"感动山西电网"人物宋丽芳等的先进事迹。一般情况下，那种汇报形式很难得到太多感人肺腑的东西，当着本单位熟悉的同事和领导，同时又当着完全陌生的一干人马，与几十个人端坐在会议室里面对面地聊自己，对当事人真是一个为难事。我并不认为谁能在那样的一个场合推心置腹地说出多么感人肺腑的话语，便没有太多期待，只一边听着看着，一边随手在面前的本子上写写画画。

当圆太极代表大家抛出问题——"你觉得自己最对不起的人是谁？"三人遂各自娓娓道来最对不起的那个人：高存博最对不起的人是父亲；宋丽芳最对不起的人是女儿和爱人；右玉黎明共产党员服务队刚参加工作没多久的队长尚未成家，还不能体悟太多亲情方面的离别和伤痛，但那些都是一个人成长的必经之路，他的人生旅途中一定会遇到。

听着听着我突然萌生了给劳模们画漫画的念头，并即刻动手，边听，边构思，边画。给宋丽芳画了一朵玫瑰花，用细碎的线条试图画出它的立体感，写道"风雨彩虹／铿锵玫瑰／送您一朵／越来越美。感动山西／感动电

网 / 感动每一位被感动的人。做女人难 / 做名女人难 / 做一位感动别人的女人难上加难 / 祝好！”给高存博的画面正中间写了大大的镂空的“孝”字，挂着一滴清泪，旁边挤挤挨挨画着各种花草点缀，还有几只爱心之手托扶着，写道“干工作是劳模 / 生活中也努力做劳模！”给年轻的队长在画中写到，“虚位以待 / 虚位与否不重要 / 服好务 / 当好儿子！”

坐在座谈会现场的座位上，我貌似平静地聆听劳模先进们以及其他人各种情绪的发言和讲话，实则脑海里早就波澜起伏惊涛骇浪。终于在座谈会结束那一刻完成了三幅仓促而为的作品，签上自己的名字，并迅速起身，把它们分别递到三个人的手上，同时轻轻说道“送给您！”

让我的心灵受震撼的，还有在大刘庄光伏电站的偶遇。

在一大片宽阔的地面上，规划整齐地排列着深蓝色的太阳能板。远远望去，摄人心魄；凑近去看，那种震撼同样让人窒息。作为上学时就多次去过火力发电厂，参加工作也是从火电厂开始的我，记忆中最早关于电的产生除了课本上讲的核电和水力发电以外，最主要也最为普及的就是火力发电了。大老远地就能看到火电厂巨大的冷却塔，高耸入云布满灰尘冒着浓烟的大烟囱，机声隆隆的厂房，堆积如山的燃煤，伸出机房外的输煤通道……那一切虽已过去好多年了，但却是我人生经历中的一部分，也是构成我的人生必不可少的一部分，是不能被轻易抹去的。最主要的，是每年夏天当水力发电充沛时，火电厂的设备就要被开膛破肚地进行大检修大维护了，各种花花绿绿的宣传标语在厂区里张贴的到处都是，所有人不论哪个岗位全都要去厂房参加劳动……那是一段很苦的日子，也是令我很难忘的往事，正是那段每次回想起来都五味杂陈的人生过往，才锻炼了我也锤炼了我。吃过那么多的苦，以后的日子就再也没有吃不了的苦。人生，吃苦是福。

关于太阳能发电的参数和指标数据等，其实外人知道了无妨，不知道也无妨，唯在心底慨叹科技飞速发展带来的巨大变化，也在慨叹太阳能被人类

用来产生电能的同时，不但于周围的环境无害，反而有益的惊诧。靠近太阳能发电设备时，我努力摁住一颗狂跳的心，但却难以收拢纷飞的思绪。

那一块块汇聚现代高科技的智能产品，看上去其实远没有听上去那么高大上，也不能从目光所及发现多少新鲜之处，但它就是属于新能源的范畴而非传统能源，这是不争的事实。人们往往对新事物新东西满怀好奇，围着太阳能电板左看看右看看，简直稀罕得不得了。太阳能板被固定在地上的水泥柱上，而安放水泥柱的并非肥沃的良田，是不好好长庄稼的盐碱地。

盐碱地？那可不是不毛之地嘛！

离开光伏电站建设好的人行通道，我轻轻地一脚踩在旁边的盐碱地上，脚下的土松软干燥绵软无力，穿在脚上的机车雪地鞋立刻陷下去好几公分。我不知道这个光伏电站建设以前这块土地上的人们是怎样讨生活的，那么电站建成后呢？又会对这里人们的现实生活有些怎样真实的帮助？起码，大环境没有进一步恶化吧！起码，总可以多提供一些工作的机会吧！这样想着，就觉得欣慰多了。

暮春午后的风徐徐吹来，依旧有些凉意，短发在风中愉快地飞舞，飞舞。远眺四周连绵的群山，一些山脊或山腰断断续续隐约可见古长城的断壁残垣，也有几座烽火台孤寂地耸立在绿意不浓的远方。

更远的远方呢？有诗吗？有庄稼茂盛的田野吗？有吗？

一路翻山越岭　只为与你相遇

晋北 1000 千伏特高压变电站外面是一大片一大片的盐碱地，松软无力的盐碱地上既不生长任何庄稼，也不生长任何可以给人们带来物质和精神享受之物，不会有哪怕一丁点儿希望从这里生长出来。仔细看去，唯有几棵不知名的野花杂草怯懦地艰难地苟活着，见到人影，也如孩童般满心欢喜，试

图遮蔽土地的荒凉和颓败。

变电站的围墙远比我曾见过的类似围墙高且大，内墙还覆着一层横竖相间的网格，“这是什么意思啊？”有些好奇，我转身去问一位正走过身边的建设者。

端端正正的安全帽下，是一张年轻帅气的脸，英气勃发。他从极其专业的角度讲述在围墙上覆铁丝网格的意义所在，一边说，一边还用手比画着。我貌似认真地听着，“嗯、啊”的应承着，实际情况自己最清楚，懵懵懂懂的，有些懂，又有些似乎不太懂，或者说听得云里雾里的，甚至有些不明就里。反正只是好奇就随便问问嘛，后面或许还有更多的东西需要去了解呢。

不远不近地跟着参观的人群向前走，不时地东张西望左顾右盼，发现设备附近的展示牌设计简洁明了，只是每幅图片的旁边都有一个二维码，除此之外再没有更多的文字和图形说明。

“这又是为什么呢？”我又转身去问近旁的那位帅哥，同时为自己的好奇做出解释：不好意思，我是真的觉得这样很奇怪哈！

扫描这个二维码，就可以了解这台设备或这个配件的参数等基本资料数据。他言简意赅地回答道，我们一边建设一边进行数字化录入，虽然前期录入时稍微辛苦些，但后期真的很方便。说到这里，他笑了。一瞬间，我似乎有些释然，因自己的好奇追问而产生的难为情也稍微减轻了。

这是一座新建的变电站，对于从事多年记者职业的我来说理应不会觉得有多么新奇震撼，实在因为这个世界的现代化进程一日千里，各种高大上的东西转眼间说变就变，谁跑得再快也跑不过现代化啊！

进入设备组装现场更有趣味得多，换上白大褂，脚踩一次性鞋套，在一个密闭的空间里被除尘后才可进去。进得里面，忙碌的人们每个都全副武装，从头到脚都是极其专业的白色防护服，俨然就是电视上看到的那些高精尖的科研人员，让人不免心生错位之感。除了发出浅薄无力的赞叹声，在那里你不知道自己该干什么，只怕给他们添乱。

带着参观特高压设备安装带来的喜悦，我在户外设备区留下了一张题为“给自己的身高增加一个矿泉水瓶高度”的照片，以示纪念。

走过变电站设备区坚实的水泥地，整个工地井然有序，忙而不乱，一根根高大威猛的构架纵横交错擎天柱一般，一座座银光闪闪的铁塔静静地伫立整装待发，一根根崭新粗壮的线缆正在连接着变电站和远方。

我被它们震撼，更被电网企业日新月异的巨大变化而震慑。抬头仰望一根根拔地而起高大、帅气、伟岸、雄性十足的构架，望着飞速发展的电力技术催生下的高科技产品，望着在蓝天映衬下的它们那银光闪亮的外衣，有一种难以名状的振奋情绪从心底涌起，不自觉地冲上前去，紧紧抱住构架浑圆而又丰满的“大粗腿”。想亲近它，想看看自己抱着它的两只手臂能不能合拢在一起，不能自抑地大喊大叫着，宣泄自己激奋的情绪。

在宏伟高大的构架间穿梭，如同在古木参天的森林中穿行一般，心灵的震撼是相似的，唯一不同的是树木森林代表着久远年代的厚重和沧桑，而崭新的钢构架则代表着高科技，代表着创新、创造和高度智能化、高度现代化和人类美好的未来，代表着蒸蒸日上欣欣向荣蓬蓬勃勃……

“结婚了吗？”我瞥了一眼身旁的那位帅哥。结了。

“你媳妇也是咱电建公司的吗？”“不是，电建工人的工作地点往往没有固定的，总在四处奔波，如果两个人都在电建上，那家还是家吗？”帅哥笑道。

“也是啊！那你媳妇也是咱电力职工吗？”“不是，她在太原市其他单位工作。”

“有小孩吗？”“有，女儿都三岁多了。”

“想娃吗？”“咋能不想呢！在工地施工不能经常回家，往往好几个月才能回一次家，娃都……都不认得我了。”

“呵呵！你这爸当的。”我笑了说。“也是没有办法，项目一开工就进入投运倒计时，每天的工作任务都安排得很紧，咱也不好意思走啊。即便回去在家里待着，心思其实也是在工地上。”

“每次回家小宝贝扑上来喊你‘爸爸’，你一定乐坏了吧！”我试图缓解沉闷的对话，是不是看到小宝贝红扑扑的笑脸觉得再苦再累也值得呢？！

帅哥这次并没有立刻回答我的问话，而是停顿了那么一小会儿。虽然只是一小会儿，但还是让我察觉到了。“怎么啦？”我不明就里地问道，心里寻思着刚才不是还好好的嘛，怎么突然就不说话了呢？难道……我不敢多想，也不敢乱猜。俩人默默地随着参观的人流慢慢向前走去。

“因为……”帅哥迟疑着说，“我每次刚回到家，女儿开口喊的都是‘叔叔！’回家的次数很少，间隔时间又很长，在工地上风吹日晒的皮肤粗糙人也显老，回家时娃觉得生疏，就叫‘叔叔’不叫‘爸爸’。”

听到这里，我突然觉得心里有些堵，不知该说什么，那就什么都不说了吧。

“我们这儿还是好的！”帅哥故作轻松地说，“我们家就我一个人在外面跑，好歹咱还有个家，而且离家也不是太远。我们许多同事离家远，有的夫妻两个都是干的送变电，有时甚至一年都见不上对方一次面。他们，更苦……”

我没有再问什么，停下脚步，再次抬头仰望直入云霄的崭新的构架和铁塔，觉得它们高大伟岸的身躯此时更加高大伟岸。它们，从建设到守护，得有多少个家庭不能团圆啊！为了万家灯火更加璀璨明亮，他们和她们付出了多少常人难以想象的艰辛？！又有谁知道。

经年累月伫立在海边的望夫石是望穿秋水盼夫归的忠贞女子的化身，那么它们呢？它们是什么的象征呢？那一刻站在晋北平原上的我用力想了想，没能想出来，便觉得微微有些怅然。

北 田 之 春

《伊豆的舞女》是我很早以前就看过的由川端康成先生原著改编的日本电影，尤其喜爱山口百惠和三浦友和担任主角的那个版本。当一个意外的机缘使我得到一本川端康成的《古都》时，实在爱不释手，简直就是一见倾心，紧紧拽在手中生怕被别人抢了去似的。

阅读这本书时列车已经徐徐启动，将要离开晋中前往下一个目的地。我没有顾得上去关注窗外的风景，只沉溺于书中文字的意境。也不知读到哪一页时，突然心中一动，随手在书籍扉页写下一些不曾被粉饰和雕琢的文字，表达人在旅途那一刻的离愁别绪——

《北田之春》

绿绿垂柳　蓝蓝天空
微微吹暖风
桃李花开平原上
北田的春天
啊　北田的春天已来临
亲亲不知你要来北田
不知你要来北田
春风又给咱带来春讯
送来美好和温情
北田啊北田
难忘的北田
何时能回你怀中
严冬已终　春到晋中

万物正苏醒

嫩芽布满落叶松

北田的春天

啊　北田的春天已来临

虽然我们已情愫暗生

但却尚未吐真情

离别一日如隔三秋

我与卿卿可心通

北田啊北田

难舍的北田

何时再回你怀中

丁香幽幽　月儿明明

花园屋里静

楼道没有了人影

北田的春天

啊　北田的春天已来临

谁的梦话惊醒我梦

谁的呼噜将我吵醒

可曾迷糊中去敲门

站在门外心里怂

北田啊　北田

难离的北田

何时又回你怀中

《古都》一书由两部中篇小说《古都》和《名人》组成，两个内容都略带一丝淡淡的忧郁气质，是为小悲伤小离愁小哀怨，却也有一丝小确幸。

千重子知道自己是个弃婴，但因为养父母没有亲生儿女，一直把她视若掌上明珠般悉心培养、精心呵护，所以她明事理，懂世事，有教养，对养父母尽心尽力尽孝，对自家店铺日渐惨淡的营生略略有些隐忧，却又倍感无奈。养女的懂事和善解人意令京都绸缎店店主佐田君和妻子甚为欣慰，一家人的小中产生活倒也安稳静好。

作家从一个很小的视角切入，用许多细碎而又细腻的文字描述青春期少女的小情绪、小冲动、小思考、小感动和小忧伤、小喜悦，娓娓道来的种种琐碎，如同穿在少女脚上的木屐轻轻踩在石板路上，发出的连续的敲击声，一声又一声。

千重子有个青梅竹马一起玩大的小伙伴，彼此有情有义，只因小男孩的性格过于优柔过于温婉过于怯懦，从不敢太多表白什么。而身为女孩的千重子，即便春心萌动也只能默默隐忍，生生把向往美好的情绪扼制在萌芽状态。每次见到他时都是开心的愉悦的满心欢喜的，但又能怎样呢？！两人之间更多的只是稚童时友情的延续、延续，并不曾向前发展一丝一毫，也看不出可能发展的任何迹象。

眼看着宝贝女儿渐渐长大成人，父母们也开始考虑她的婚事了。他们眼中的乘龙快婿或者说想要招赘的上门女婿，并不是多么令千重子欢喜，当然也没有什么的不喜欢。许多时候千重子更在意的是父母亲的感受和自家店铺的未来而不是自己，往往把个人的感受放在并不怎么重要的位置上。对于青梅竹马小伙伴哥哥的一次次主动示好，既不能明确拒绝，也不好明显地表示接纳。对于一个被人家好心收养的弃婴，千重子能怎样呢？什么都不能说，也不能太多地表示什么。

我想，所谓的“知书达理、深明大义、善解人意”也不过如此吧！

而让我潸然泪下的，是千重子偶遇同胞姐妹苗子时的惊诧和表面上的风平浪静。得知亲生父母均已离世，终于释然，也对苗子表现出更加强烈的依恋之情。两人见面的次数并不多，但千重子却从苗子那里得到许多浓得化不开的骨肉亲情，这对于除父母抚养的恩情之外未曾享受过姊妹之情的她来说，十分慰藉和珍视，千重子想尽全力去帮助苗子，一母所生的她们性格略有差异但秉性却十分相似，苗子比千重子更要强，也更自尊、自信、自立，两人都十分珍惜并珍爱那份难得的亲情。

关于小说的叙述方式和对当地自然环境、风土人情、文化民俗等的种种描述在此不做赘述，单就作家笔下淡淡流淌出的对家园对劳动人民和民风民俗的深深热爱令我为之感动。一个人如果不爱自己的民族，不爱自己的国家，不爱自己的同胞，文笔再优美、故事再深刻、笔墨再清新又有什么用？当然，我以为的所谓爱，不是一味地褒扬或过于痕迹明显的某种程度的拔高，以及为了某种目的而大肆宣扬或过度夸张什么。因为世间许多事，过犹，则不及。

《名人》一文，更多的是一种内心的震慑。身患重疾的名人仍旧坚持下完了那盘长达数月的围棋比赛，而比赛对手不愿轻易服输的精神同样也让人钦佩。

或许岛国本就多雨，或是作家笔下描摹的那个地方有山有水难免多雨潮湿，抑或作家本来就是想用大段关于各种下雨天的描述营造一种淡淡的忧虑、一种隐隐的伤感、一种浅浅的乡愁，但却分明有一股浓浓的正能量的气息透过纸墨散发出来。晴空万里无云或蓝天白云的描绘在这部小说中比较少见，以至于掩卷之时，我的心都有些潮湿。

当山城重庆的绿树青山在前方若隐若现时，有那么一瞬间，我恍然以为北山杉村到了，只是不知道能遇见千重子或者苗子吗？

写到这里，顺便感谢山西公司神交已久的诗人郝密雅，她的人如同她的诗一样淡雅若兰，善解人意，温婉贤淑，且书卷气息浓郁，是山西电力作家中的代表人物之一，也是一位不可多得的好文友！我与她一见如故。虽为初见，却如老友般亲近，没有任何的生疏感。

芸芸众生中你我每天都会遇见许多人，但不得不承认，并不是轻易和任何人都能达到双方都惬意的地步。

采风的日子渐行渐远，北田的相聚已经成为昨天，但人们关于电力关于文学的种种热议并不曾有丝毫衰减，反而在那股文学浪潮的席卷下，越来越热，越来越热，越来越热……抚今追昔，抬眼望远，我仿佛看到电力文学的春天已经到来，电力文学的花园里已经姹紫嫣红色彩缤纷。

吉建芳，女，研究生学历，新闻主任编辑，中国作家协会会员，中国新闻漫画研究会理事，中国电力作家协会会员，中国散文学会会员，国务院新闻办公室图片库等网站的签约漫画师、摄影师，出版散文集《游走，在新闻和文学之间》《非新闻》《本命年》《没有谁刀枪不入》等，作品曾获中国新闻奖、冰心散文奖，《华商报》副刊签约专栏作家。

迈向电力文学创作的新高度

冷　冰 | 国网北京电力

山西，沟壑在黄土高原上刻出版画风格，沧桑而大气。一片片的杏花、桃花随性撒在塬上谷底，像一群群集会者，给大地填涂生色。北田，晋中榆次的一个小镇，在四月的春色中开出了别样的花丛。

一群人，让文学在北田生发出了春天的气象。

“中国电力作家走进山西电力”文学培训采风活动在北田开启。这是一场中国电力作家的机缘聚会，这是电力文学创作开掘拓展领域的重大行动，这是电力文学爱好者交流提升的契机。活动结束了，凡参加者都表达出了相同的愿望，“这样的活动，值！”

企业的气质来自文化，而文学实现了企业的文化形象呈现。中国电力作家协会将繁荣发展行业文学，塑造央企形象作为己任，请名家指引提升之路，让更多的电力人学会艺术地表达；引导作者面向一线，走进现场，讴歌正能量，表达大情怀。一次采风就是一次与现实、现场的亲密接触，就是一次情感与情感的多向碰撞。

名家来了，他们是电力作家的老师，电力文学发展的助力者。《中国作家》原副主编萧立军，《长篇小说选刊》主编兼《中华辞赋》总编辑顾建平，《山西文学》主编鲁顺民，《长江文艺》常务副社长兼《长江文艺》选刊版主编胡翔，山西省作协副主席兼《小品文选刊》总编辑王祥夫（鲁迅文学奖获得者），中国少数民族作家协会副会长、著名评论家尹汉胤，还有著名作家韩石山、报告文学作家赵瑜，他们现身说教，一对一点评作品，“把我的写作秘诀都告诉你们了！”这样的指导几乎不可复制。胡翔老师在每一篇学员作品上写下了密密麻麻的评语与修改痕迹，兴起之时，他站起身为学员朗读古文经典，让大家感受遣词行文的奥妙。70 岁的韩石山老师，素有“文坛刀客”之称，讲述散文创作的技巧要“端得起架子，放得下身段”，从文到人，又从人到文，让在场者大呼受益。

名家点睛，画工还需自强。有趣的是，老师对面的一群学生的身份也很特殊。他们既是名家的学生，也是另一群学生的老师。而这正是这次采风活动的特色之一。为了让活动取得最大的实效，中国电力作协与山西电力公司工会反复沟通方案，采取让名家讲大课，辅导电力作家；让电力作家分组与山西公司的文学创作爱好者交流创作体会的方式，既实现全面进步，又做到有的放矢，人人有收获，个个有提高。活动的成功，得益于严密组织的成功。

多向分层级交流不仅体现在课堂上。活动开始之前，中国电力作协还充分利用微信等新媒体，建立了“走进山西电力”“走进山西电力诗歌分会”等多个朋友圈，让大家随时交流，充分研讨问题。活动结束了，但是朋友圈的群不解散，文学与友谊的交流仍在继续。中国电力作协的微信公众号全程直播活动进展，让这次活动成为文学圈里圈外的热点话题。活动还没有结束，四川、江苏等地就有人打电话来，邀请作家们到他们那里去采访。

充满激情，又低调内敛，这是电力的特点，也是电力作家的特征之一。他们是“一看见铁塔、一看见伸向远方的银线，就会泪眼蒙眬的人”（张文睿老师语）。这样一群人聚在一起，不是能量的简单叠加而是几何级的增长。这群作家是中国电力作家的骨干与精英，鲁迅文学奖获得者任林举、报告文学名家陈富强、畅销书作家圆太极等，还有张文睿、顾晓蕊、吉建芳、马卫巍，等等，都是电力作家中的翘楚。做名家的学生，他们谦虚受教，在同好面前，他们又诚心指点，不留分毫。

活动的重头戏是电力作家兵分三路，走进特高压建设工地，走进供电一线创新工作室，走近电力劳模。榆横—潍坊特高压工程晋中变电站工地上的繁忙，让作家感受到电力发展的自豪；“石文贞书法工作室”让人们看到有特殊才能的电力员工在企业搭建的舞台上尽显风采；晋城供电公司的公益活动已化为员工的自觉行为……在感受中寻找素材，在感动中经受精神的洗礼，“请把我们的诗句，献给所有的，正在崇山峻岭间巡线的兄弟们吧，请把我们的诗句，献给所有变电站的姐妹们吧，请记住每一双黑亮的眼睛。”《连翘说》《梨花雨》《和春天一起歌唱》《特高压之美》等诗文已经纷至沓来，在微信上刷屏。用擅长的技巧，用真挚的情感，向特高压施工现场，向供电员工表达自己由衷的敬意，电力作家的思想与现实生活交融在了一起。

5天，春天的一小节时光。很多人在离开的时候说，希望再来。

春天正走向深处，再过几天就是谷雨节气，人们可以隐约望见万物葳蕤的立夏了。电力文学的春天也适时地来了，追随时光向更丰茂的季节走着。

今天，一群人记住了北田。有一天，历史会写下北田这个名字，记下电力文学走向新高度的起点。

冷冰，北京市作家协会会员、中国电力作家协会会员、中华诗词学会会员、中国散文学会会员、北京市杂文学会会员。

文学写作的“九端八放”

刘予胜 | 国网山西电力

韩石山老师，是我很敬仰的文学大师。

我曾认真阅读了大师的《张颔传》《徐志摩传》《装模作样三十年》等著作，对于韩老师的文笔文风非常认同，不知不觉间，也在自己的码字过程中，模仿老人的笔法。

我曾两次聆听大师的讲课，对大师抑扬顿挫的朗诵功底佩服得五体投地。对大师“有孩子的人不愿读书，也要装装样子，给你的孩子创造阅读的环境”的观点，我高度赞同。小朋友可塑性很强，你如想望子成龙，就是自己不喜好读书，也得在家中克制一下你的不良爱好，营造一个利于孩子读书的氛围，别让孩子染上你的劣习。

四月的北田，我们迎来了延续五天的文学大餐，其中，韩老师的文学写作“端放论”，引发了我对文学底功“九端”和文学基调“八放”的深度思考，现将我的思考所得分享如后，敬请有缘者指正。

一、文学写作基调的“九端”

韩石山老师在讲课中，用了很大篇幅给大家讲写作基本功的“端”起问题。这个“端”字，是文学人入门的基本条件，是要求文学人苦练基础内功。做什么，悟什么；悟什么，专什么。既然你立志要吃文学这碗饭，就不能当混在乐队中不会吹笛子的南郭先生，就要有像样的能端出来见太阳的文字底功。基础不牢，地动山摇。底功不行的写作人，要不了三板斧，就会露出狐狸的尾巴来。

端的具体内容，主要体现在以下九个字上：

（一）端“体”

写东西，首先要识文“体”。作为一个文化人，你应知道在你服务的企业中，一共有多少类文体，知道每一类文体的具体写法要求。你写一个东西，文体首先要搞对。不能要上“通讯”的墙，却搬了“小说”的梯子。不能要去“公文”“华盛顿”，却拿了一个“新闻”“莫斯科”的地图。写一个东西，用对文体是最关键的。文体错了，再妙笔如花，效果也不会好。一定要下一番功夫去研究不同文体的写作要求，特别是请示与报告，通讯与报告文学，散文诗与诗歌等相近文体的共同点与差异点。一定要概念清晰，能够张口讲出不同，动笔码出差异。笔不能混，口也不能混。

（二）端“框”

这个“框”，是指文章的分块和分段。一篇文章分几部分算个大框，文章中的某一部分分几段算作小框。大框的划分必须符合文体，必须能清晰地表现主题。小框的划分必须能被装到大框中，直接反映大框的主题。小框和大框的辈分一定要理清，不能在小框中写超出大框的内容，不能把不同辈分的大框和小框并列在一起称兄道弟。

（三）端“典”

这个“典”，是指文章中使用的古今中外经典。人类几千年的发展，积累了很多经典，很多时候的文章，你绕了大半天，写了大半页，也不如恰当地使用几个字、十几个字或几十个字的经典管用。如毛泽东的《愚公移山》，十几句话的愚公故事，把他想要表明的意思讲得活灵活现。恰当地用“典”

能增强文章的感染力，是一个人文字功底深厚的标志之一。

（四）端“例”

这个“例”，是指文章中所使用的案例。一篇文章，有没有鲜活的人、事、物实例，是有没有可读性，讲的理有没有人信的重要基础。文中实例的应用，最好是自己的亲身经历，自己经历过的，对于它与文章中理的把握会比较对路。使用他人提供的实例，一定是要经过权威机构证明，不能道听途说。使用前人经历过的实例，一定是在权威资料上发布的东西，或者是经过多方面印证属实的东西。使用的实例，最好是文章的观众都知道、都能明白实例背后意思的。

（五）端“句”

这个“句”，是指文章使用的语法和句法。一个句子，主谓宾的结构要对路。句子的长短要适度。句子中词的互换要准确。要有病句识别和更正的知识和能力。

（六）端“词”

这个“词”，是指文章中使用的一字或多字词。词要能端得起，必须做到几个必须：必须熟知词的字面之义。必须知道一些专用名词的出处、背景和原义，不能纯用字面来解释，如“七月流火”，一般人都用来形容最热天，但原词的实义是阴历七月，标志天气开始转凉。必须知道可以和这些词通用的缩略词、扩展词和互换词。如“躬自厚而薄责人”“己所不欲，勿施于人”“见贤思齐，见不贤而思内省”，这些词是可以互换使用的。

（七）端“字”

这个“字”，是指文章中使用的汉字。错别字问题，始终是目前写作人不能根绝的顽疾，就是再正规、再高级别的出版机构，也不敢提百分之百没有错别字。中国的汉字可互换性很强，我用五笔打字时，一些字一时忘了打不出来，就经常换一个字或词来用。中国的汉字有多义、多音，用对了会增色，用错了会出洋相。

（八）端“量”

这个“量”，是指文章中数据的计量单位。计量单位有公制、市制之说，也有某个地域和某个单位的习惯用法之说，有汉字标示方式和字母标示方式之说。一篇文章中计量单位的用法要统一，不能一会儿公制，一会儿市制，一会儿是南方习惯用法，一会儿是北方习惯用法。史志鉴等纪述年代久远的著作中，可能会有不同时代不同计量单位的应用。如果出现不同的应用，应在页下注或小括号中标明两种计量单位的换算关系。

（九）端“符”

这个“符”是指标点符号。标点符号是最基本的文字底功。一句话是不是讲完了全部意思，该不该用句号。一句话是不是需要加重语气，该不该用惊叹号。一句话是正说，还是反问，该不该用问号。一句话中几个并列要素间，该不该都用顿号。这些都需要细细考究。标点符号用错了，意思可能就变了，有时甚至于反了。

二、文学写作基调的“八放”

这个“放”，是文学人上路的基本条件。有了文学的“九端”底功，但如上不接天气，下不接地气，左右前后不接人气，仅凭那么一点理论，画猫不像猫，画虎不像虎，是写不出公众认可的有味道的好东西的。必须在踩实自己的文学底功的同时，像山西作家孙谦老先生那样，把自己的身段沉到一线、基层、公众的土壤里，给自己的写作营造富氧的素材环境。这个“放”字的重点，我以为，体现在八面十六个字中：

（一）放到“道德”中

这个“道德”，指的是社会公认的道德。这里的“道”，是指自然规律，要把自己写的文章放在自然规律许可的框架内，不能去写一些违背客观规律的事。比如，我们决不能歌颂那些违背生态平衡规律单纯追求当下利益的行为。这里的“德”，是指社会公认的伦理道德尺度，要把自己写的文章，放在社会公认的伦理道德尺度之内，不能去歌颂缺德的事。要想做到不逆天，不缺德，就需要认真学习相关的自然科学知识，就需要加强社会公认的道德伦理知识的修炼。

（二）放到“文化”中

这个“文化”，指的是祖国的文、人类的文化。一个爱国的人，首先要爱这个国家的文化。一个爱国的文化工作者，首先要熟悉这个国家的文化内涵。写的东西，必须也应该是有利于祖国文化提升、进化、传播的东西。不能也不可能完全脱开自己的祖国文化去写东西。一个人，不论他对自己的祖国文化持什么态度，在他写的东西中，肯定脱不开祖国文化的影子。一个人要想让自己写的东西成为祖国文化成长传播的推进者，学习、熟知祖国文化是必修课，必须把自己放到祖国文化的知识海洋中，学习游泳，使自己能够在传播祖国文化时，不讲外行话，不写无知言。

（三）放到“政策”中

这个“政策”，是指一个国家正在奉行的宪法、法律、规章及主导政策。作品中不能有违背国家法律、政策的人、事、理。因为，一国公民，要守爱国这个底线。即使对现行政策、法律有看法，也应通过恰当的途径去反映，不应在自己的文章中随意写违反法律政策的东西。要想在自己文章中不触法规政策的底线，就必须在写东西前，把自己放进相关的政策和法规中去，认真去思考，认真向专家请教。确保所写东西的合法性和合规性。

（四）放到“地域”中

这个“地域”是指生活的地域。每一个地方由于环境、气候、地质、产业、经济的不同，都有不同的地域文化元素。要写某一地的东西，必须把自己先放到这个地域中的文化之中，去呼吸那里的文化空气，学会用地域中的人能听懂的话来写东西。比如，到西藏，对藏传佛教文化不了解，恐怕就写不出西藏人民喜欢看的东西；写晋中的东西，对晋商不了解，就写不出晋中的地方特色来。

（五）放到组织中

这个“组织”，是指文章涉及的组织。每一个组织，都有与众不同的文化元素。要写出这个组织做事的特点、人的特点，就必须把自己放到这个组织的文化中去熏陶一段，才能了解这个组织的特殊语言。

（六）放到“业务”中

这个“业务”，是指文章涉及的具体业务。每一行都有每一行的门道。要写业务的内容，就必须把自己放到业务的知识和话语海洋中去游泳，识了专业的水性，才有专业的发言权。有人说，电网行业是金属产业。也有他的道理，因为，我们电网企业的装备设施中用的最多的是钢铁。要想写好电网题材的东西，就必须沉到电网的钢铁大海中去，听听建设、维护、检修这些钢铁的电网人如是说，如是写，如是行，才能从冷冰冰的钢铁中读出电网人的那份爱岗敬业的温情来。

（七）放到“人物”中

这个“人物”，是指文章涉及的人物。不同阶层的人讲话，有不同阶层约定俗成的潜规则。文章中的用词，要符合人员的身份。一个县公司领导的讲话，用“高屋建瓴”来评价显然不合适。从一个高层领导口中爆出粗话，肯定也不合时宜。要写出不同层次的人合味的讲话，合调的用词，就必须把自己放到这些人物的生活层次，通过和他们的朝夕相处来了解他们，熟悉他们。当然，你会说，太高层次的领导，你够不着，不好了解。其实，我要说，在电视电话中你应该看的听的已经很多了，他们的话调，只要平时用心，了解掌握的渠道还是蛮多的。难的是一线的同志们，平时很难见到他们，要想写出合他们味的话、事、人来，就必须把自己放到他们的活动圈和

朋友圈中去朝夕相处一段，才能真正辨准他们的味道。

（八）放到“现场”中

这个“现场”，是指文章中写的事件、活动、人物所在场所。一些现场，不亲自经历，是写不出那个味的。一些物品，不亲自去观察它的制造、安装、运行、检修过程，是写不准它的调的。所以，文章中如果涉及具体的现场，涉及具体的物，一定要创造条件，把自己放进去，最好能亲自和现场的人实践一番，亲自去尝一下梨子的滋味。

刘予胜，管理学博士，中国电力作家协会会员，中国电力作家协会山西分会主席，出版《阳城县电力工业志》。

北 田 记 忆

何文锋 | 国网晋城供电公司

一、诗歌盛开的地方

如果不是亲历，我无法想象到，一个省级企业的文学创作协会的成立，竟促成了一场盛大的“诗会”。

四月八日上午，在晋中北田培训中心大礼堂，顾建平老师的诗歌讲座如期开始。我多年沉浸在各大文学网站读诗、写诗，偶尔也论诗，但是在如此隆重的场合倾听专业级的讲诗，生平尚是头一次。

文学可以指向社会，指向生活，指向人性，如果说哪种体裁的文学可以指向内心，那么非诗歌莫属。“为什么要写诗？因为生命是需要自由的”、“生活是单调、琐碎、冗长的，写诗可以在平静中达到忘我，回归本我”，整整一个上午的诗歌讲座，顾建平老师的一个个观点，似一道道闪电般击中内心，我的眼睛不知湿润了多少次，全身上下的亿万个细胞也不知颤抖了多少次。我知道的是，所有的湿润与颤抖都指向了我的内心，指向了我内心最为坚硬、也最为柔软的地方。

环顾四周，大礼堂内，二百多双眼睛也都闪烁着点点光芒，耳朵里除了顾老师深情的讲解，便是刷刷刷的记录声。此时我并没有意识到，埋藏于学员们内心深处的那一颗颗诗歌的种子，已被顾建平老师的讲座

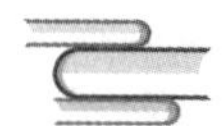

渐次唤醒了。

接下来连续两个晚上的诗歌改稿会，大大拉近了学员们与诗歌大咖的距离。顾建平老师专业的点评、蒲素平老师耐心地讲解，令所有学员大呼过瘾。

在所有学员中，有一位神采奕奕的长者格外引人注目。他从女儿（在同一个系统上班）那里听说了文创会成立的事情后，便心急火燎地要报名，他有一件耗费极大精力的作品希望诗歌专家评点评点。但他知晓此事时，参会人员名单已经上报了省公司，情急之下，他让女儿联系到了我。这一情况触动了我，当即放下会务组的事马上进行协调，最终助他实现了参会的愿望。

他带来的作品是全新创作的“千字文”。“你的作品很难归到哪种文体中，但却可以归于文化。”在当场得到顾建平老师的肯定和指点后，已近耳顺之年的他居然兴奋得孩童一般，差点手舞足蹈起来。在第二天的改稿会上，他用会场提供的铅笔与信纸，创作了平生以来第一首诗歌，双手捧着，呈到了阿平老师的面前。认真听取了阿平老师的讲解后，唰唰唰，居然又写下了另一首诗歌……两个晚上的诗歌改稿会，我看到了大家脸上挂满了或羞赧、或兴奋的笑容，但我依然没有意识到，有多少颗诗歌的种子正在快速发芽、生长。

三天的培训很快结束了。第四天，活动迎来了唯一的一天户外活动——兵分三路，进入特高压站、城市改造等工作现场进行采访。我分在了南片组，距离目的地较远，出发后不久在领队的带动下，作家老师们、学员们逐一登台亮相，把大巴车变成了欢乐的舞台。

谢黎明老师首先登台，她那深情的诗朗诵震撼了全车；没多会儿，冷冰老师闪亮登场，讲诗，读诗、谈创作，令车内的粉丝团高声叫座；而后王烨老师专业级的诗朗诵《桃花颂》则将全车人的耳朵清洗了一遍；长治秦振刚被点名登台，仅仅寒暄了两句就匆匆返回了座位。令人想不到的是，没过几分钟，他又冲上舞台，在大伙惊愕的目光中深情地朗诵了刚刚写下的诗歌

《让我们用心碰撞》，“你来了 \ 我也来了 \ 在旅途，在路上 \ 我们在车上用心碰撞 \ 用心碰撞 \ 撞出了激情和梦想 \ 留下了一路欢歌”。朗诵结束，全车响起了持久而热烈的掌声……粗略算来，两个小时的互动，相关诗歌的节目不下六七个。大巴车上，浓郁的诗歌氛围蔓延着，让我深深的沉醉期间。但此时，我仍然没有意识到，诗歌的植株已经孕育出点点花苞。

四月十日傍晚，整个培训采风活动全部结束。如同在意象的跳跃中可以产生语言的张力一样，刹那间到来的别离首先带来的是沉寂，而后刮起了一阵肆无忌惮的风。“六点半 \ 应该是吃饭的时间 \ 饭菜 \ 在味蕾间化作了 \ 一句句的笑谈 \ 沸腾着每一分钟 \ 此间 \ 冷冰老师递给我一块西瓜 \ 而此刻，只有 \ 我一个人凝视着西瓜 \ 在思念……”刚与老师们分别，学员葛翠萍就写下了诗歌《而此刻》，这首溢满思念之情的诗歌成为风中绽放的第一朵花儿。

风肆无忌惮地刮着，《北田四日印象》《爱文学的人》《不是离愁》《一个叫北田的地方》《北田的笑脸》《塔尖的述说》……诗歌的花儿一朵朵、一簇簇地迎风怒放！《种太阳》《一滴油来到医院》《金属在歌唱》《握手》《一个人的村庄》，仅在学员乔琳会一个人的指尖，便开出了五朵花！诗歌的花儿已不仅仅开放在诗歌分会的枝丫，同样开放在散文分会、小说分会等其他体裁的枝丫上，甚至于多年未能抽出一片叶子的枝干也迫不及待地开出花朵！

四月十日晚上，我捧着手机，愕然、惊喜、感动，直到手足无措。“每个身体里都住着一个诗歌的灵魂，它不住在身体里，我们就是行尸走肉。”耳畔回荡着诗歌讲座上顾建平老师那不温不火却又直抵人心的声音，我依稀看到了一颗颗诗歌的灵魂已经找到了回家的路。

二、北田的灯光

作为山西电力职工文学创作协会成立大会筹备组成员，我与要晓丽老

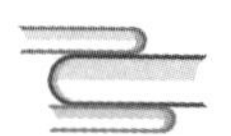

师于四月六日傍晚时分从太原赶来晋中北田培训基地。此时，已有部分行业作家入驻。来不及与作家朋友们打招呼，刚进大厅，要老师便与工作人员联系，确定临时“征用”一间办公室的事。

晚上十点多的时候，我与要老师在工作人员小李的指引下，来到宽敞整洁的培训楼。迎面闯入视线的是一块大型的LED屏，翠绿的背景图案上，闪烁着八个鲜红的大字“为职工书写、为电网放歌”。右拐、上电梯，左拐，再右拐……当小李站定，蹲下，打开地锁，吱嘎嘎推开培训楼209室的门后，我们眼前一亮——三个隔间式的办公桌，四台可以上网的台式电脑，外加一台大型复印打印机。

“就是这儿了！”要老师兴奋地喊出声来。声音虽不大，但已足够在空旷的培训楼里回荡开来。随着小李脚步的远去，啪啪啪，培训楼里的灯光渐次熄灭了。“安安静静的，正好干活儿”，要老师悦耳的声音再次响起。

正如要老师在微信号里的签名那样，她对周遭的一切都心怀感恩，像婴儿一般“惊喜”地接纳着环境给予她的一切。面对着参加活动筹备以来最为齐备的办公环境，她不惊喜才怪呢。

一切都整理妥当后，我们分头忙起了各自的工作。我赶完手头紧要的一些活儿后，看表已经过零点了。“要老师，看您的熊猫眼又大了一圈，今天早些收工吧？明天活动就要正式开始了，咱们也稍精神点。”“微信公众号明天要用，我还得赶出来。您可不能倒下，赶紧休息去！”没能叫停要老师，我反而被她直接推出了209室。

过道的灯都灭了，偌大个培训楼显得庄严而神秘。从209室出来，摸了将近三十步才来到电梯间跟前。驻足回头，看了看从209室透射出的光亮，心头不觉一热，一些尚留有温度的记忆翻了上来：

三月二十日，我与要老师及文创会的骨干成员集中在电力大厦，攻坚国家电网公司文学作品重点选题的事，一直忙到晚上八点整。这边刚结束，要

老师便匆匆招呼着我与张一龙，开始进行文创会的茶语夜话栏目。茶语夜话十点半刚结束，她又匆匆收拾电脑，做中国电力作协的公众号。次日我才得知，晚上为了赶任务，她休息了不到三小时！

三月二十九日，我接到正式通知，次日上午要到省城参加文创会重点选题工作汇报会。接到通知时已经下午三点了，为了赶车，匆匆出了门，会议的材料都没整理打印。火上浇油的是，那天我竟然感冒了。当我晚上九点多下了大巴，迎着夜雨寒风，头昏脑涨、摇摇晃晃赶往电力大厦的时候，感觉就是在赶赴一场还未开战却胜负已定的战斗。就在无助与凄凉涌上心尖的时候，要老师打来一个电话，她说房间已经订好，直接入住就行；打印机已经备好，我一到就能使用……

北田培训中心对我来说是一个完全陌生的地方，但看着身后 209 室的灯光却感觉特别熟悉，这盏灯在电力大厦 5 楼小会议室曾亮过，也在省公司大楼 14 层工会会议室也曾亮过。

转眼到了 8 日晚上，我负责主持了诗歌组的改稿交流会。晚上九点半改稿会刚一结束，我便马上切换频道，匆匆赶到 209 室，开门、开灯、开电脑，招呼改稿会记录团队的伙伴们开始工作。三个伙伴同时上手，六只手、三十个手指头起起落落，在北田安静的夜晚，在灯火通明的 209 室里敲击出了在我听来再美妙不过的音乐。

时不时地与伙伴们就行文用词进行一些讨论，偶尔干脆上手打一点。我明白，自己在试图用这些小动作抵挡内心的焦虑。23 时 17 分，嘀咕，微信提示音响起，一看是改稿会记录微信群里的——吕梁张卜文已经完成“作业”，传了上来。眼睛扫过屏幕，是一篇文学韵味浓厚的现场特写《利民之事　丝发必兴》，从行文逻辑到遣词造句，几乎无懈可击。那一刻，我那被分成五瓣、又都被高高举起的心，终于有一瓣落到了实处。零点时分，随着宁静那篇写得非常专业的《把握“命运的相关细节”》完稿，我已有三瓣心

落了地。

文字初编、统一格式、图文合档，五篇稿件全部整理好打包，凌晨两点一刻，开始上传邮箱附件。

忽然，嘀咕、嘀咕……手机微信提示音连续响起。咦，这么晚了还有其他人在线啊？仔细一看，原来是走进山西电力作家群里的张鹏飞、何红梅、王彪、朱志恒等几位作家老师发出的。再仔细看，我呆住了：群里发出的两张图片是几位老师挑灯夜战，合力制作微信公众号的场景，夜已经深了，但图片显示，几位作家朋友兴致盎然，看不出丝毫疲态！猛然间我明白了，连续几日了，每天早上中国电力作协的公众号都会更新内容，推出活动最新图文动态信息以及作家们、会员们的新作力作，原来这都是同处一地的作家朋友们连夜赶出来的！原来这几天深夜，北田培训基地 209 室的灯光并不孤单！

夜色深沉 \ 总有那么两盏灯亮着 \ 家人安睡 \ 总有那么一个人醒着。兀自念着、想着，心中的那盏灯又亮了许多。

何文锋，笔名梦人，中国电力作家协会会员，现代诗人协会副会长，山西电力作家协会副主席。散文、诗歌、评论等文学作品散见于《脊梁》《当代电力文化》《中国现代诗人》《诗文杂志》《国家电网报》等文学报刊。

北田的几个日夜

李云亮｜国网山西新闻中心

梨花将尽，海棠含苞。四月之初，我赴太原南站接几位远道而来的客人。

在灯火辉煌的出站口，我手举着印有客人名字的纸牌，摇动着，等待有人过来冲我微笑，跟我寒暄，跟我说，你好，我是某某某。

这三位老师以前从未谋面。李红雪老师有双聪慧的明眸，一对若隐若现的酒窝浮在面颊。语速很快，好奇心很强，一上车就问我路边是什么树木。我告诉她，我们这里有杨树、榆树、槐树，还有柳树。这棵是什么，那棵是什么。她吃惊地问，还有柳树哦?

“当然。不信你瞧——”我手指路边，春风中摇摆着枝条的柳树。

“还真是诶！”李老师一副少女才有的好奇表情。

旁边李勋老师接过话茬，一口湖北口音。“咱们辣（那）边的树木，和这边很不一样哦。”

这位来自武汉的中年男子，下巴留着像冰激凌卷一样大小、黑黑的胡须，把头发理得很短。圆圆的面庞，圆圆的眼睛，鼻梁上戴着一副圆圆的眼镜，始终是眯缝着，若有所思。

林平老师坐在车子最后一排，用手顺一顺一路颠簸而杂乱的浓密黑发。文质彬彬的气质和平淡从容的气色，让他看起来像一名长期在敌后工作、以教师身份为掩护的特工。话不多，只是静静地听大家聊天。

将三位老师送抵之后，我又去接来自长沙的张富遐老师。从名字上看，我断定是位男士。路上还和同伴亚男说，你看看人家的名字多有意义，富遐，富有遐想，天生就是做文学的材料。亚男说，可不嘛。

提前近一个小时出发赴机场。不想东环一辆满载石子的货车侧翻，石子抛洒，车体横卧，霸占了两条车道。我心想，坏了。这接站接的，留给客人的第一印象就是——迟到。

但凡有过独自一人去外省经验的人，就知道那见不到接站人员内心的慌张。看着车子慢慢地挪走，我心里更加着急。

航班按时抵达。张富遐老师接到我可能迟到的短信之后，回复我"不急，在出站口长椅上休息，等你们"。

吉人自有天相！车子一旦出了堵点，前途一片顺畅。我在机场出站口拨通了张老师的电话，一听是女同志的声音，心里顿生诧异，看来自己判断失误。

张老师看起来充满秀美之气，利落的短发从前额分开，露出她白净的面庞，开朗中透出几分难掩的羞涩。一双大大的眼睛，眸子闪烁着富有想象力的光芒。真是名如其人啊！

午后，是既定的程序。协会成立，领导致辞，揭牌，鼓掌。一切有条不紊。

随后，培训的讲师悉数登场，陆续和大家见面，每人几分钟预热式的介绍。听完之后，大家无不心生期盼。接下来的几天讲课，一定不能错过。

接下来，尹汉胤老师讲《文学的底层叙述》。尹老师的父亲是我国著名书画家尹瘦石。尹老先生与柳亚子交好，曾为多位名人画像。良好的家风家教，塑造了尹汉胤老师深厚的人文功底。他说，从天空俯瞰，电网就像祖国的毛细血管，电网与社会广泛地发生着联系，电网人也与社会广泛地发生着联系。我们在文学创作上，有着得天独厚的优势。我们要站在底层的视角去展开文学的叙述，用文学的笔调把凝固的现实和历史化开，成为流动的风景。

他还说，文学是所有艺术门类中的“田径”，需要非常扎实的基本功。虽然最难出成绩，但有志者事竟成。作家需要“小聚大分散”，创作的时候分散各地，改稿的时候集中起来。尹老师的这些观点，我深感认同。

次日上午，顾建平老师讲诗歌。因为我对诗歌几乎没有研究，所以好多观点我理解不深。顾老师说，诗歌不是功利的，耻言功利。网络时代，诗歌情怀正在被唤醒和激发。诗歌与网络有着天然的契合。他举了余秀华的例子，介绍了《可是你没有》《不要温柔地走入那个良夜》等优秀诗歌，号召大家重读细读经典。不读书，无以言。

下半截讲座，顾老师简要讲述了现代诗坛存在的缺乏常识和理念鱼龙混杂的现状，他认为虽然文无定法，诗无达诂，但诗歌除了分行以外，终究是要有一些基本讲究的。依我对当代诗歌的了解，顾老师的担忧不无道理。

在互动交流时间，我向顾老师提出了困扰我多年的问题——诗歌与歌词之间的关系，诗歌与歌词的转化问题，诗歌与民谣的关系问题。顾老师当即拿出他的手机，播放了一首藤田美惠演唱的、以英国诗人叶芝诗篇作为歌曲的流行歌曲（如果我没有记错的话），用一个简单的事例，告诉了我诗歌与歌词的关系。

下午是王祥夫老师的小说讲座。王老师戴着一副墨镜，穿着牛仔服，显得很洋气。王老师是画家出身，但成就较大的是小说。小说作为影响力最大的文学体裁，源远流长。王老师简要回顾了小说的历史，从世说新语到唐宋传奇，再到第一部文人独创的奇书《金瓶梅》，中国古典小说巅峰《红楼梦》，再到新中国成立前后各省文学样式的特点。

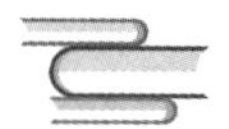

尔后，王老师结合自己的人生经历和创作经历，告诉我们小说作家要有正义感、同情心和斗争心。他把自己创作小说《旗袍》的故事说与大家，告诉大家写小说重要的不是技巧，而是思想和感情。

在互动交流时间，我问及有关大同作家曹乃谦作品的问题。王老师声情并茂地帮我做了解答。原来王老师和曹老师是邻居，关系莫逆。曹老师是那样一个单纯的写作者，没想到被马悦然及他身后代表的喧嚣的名气深深地伤害。这样的教训，值得每一个小说作家警醒。王老师喜欢的汪曾祺老师，也同样是我欣赏的前辈。

夜色很快笼罩了北田。初春的晋中大地，昼夜温差很大。白天太阳晒着好像到了夏日，夜晚冷风吹起好似回到冬寒。晚上七点，萧立军老师和我们小说组的朋友，一起聊小说创作。他回顾自己与几位前辈作家高晓生、冯骥才的交往，通过他们的作品来讲小说家的构思过程，谈到了有用的细节与无用的细节的运用和把握，谈到了艺术的逻辑。

座谈结束以后，我们小说组的宁静同学很快就整理出一篇《抓住命运相关的细节》的课后记。第二天早晨起床以后，看到微信公众号已经推出了这篇作品，心里暗暗吃惊——昨夜又是几位同志夜不成寐。

第二天上午是韩石山老师讲散文。他讲课的题目是《作家的身段》。这是我第一次听韩老师的课，感触最深的两点：第一是韩老师吟诵古诗抑扬顿挫的魅力真大啊。能成为韩老师当年教书时候的学生，该是多么的幸福。第二是韩老师放下身段的自嘲与反讽真是有节有度。古话说，人生七十古来稀，从心所欲而不逾矩。韩老师做到了老而弥“真”，真是一个可亲可爱的老头儿啊！

可惜的是下午，因为忙于采风活动的一些事宜，错过了赵瑜老师的多半场讲座，仅听了一耳朵半耳朵。

夜里，我躺在床上细细回味各位老师所讲，慢慢浏览大家在微信朋友圈的感想。不知不觉已经到了子夜。同屋的摄像记者“昱帝哥哥”鼾声已起。作为“跑步发烧友”的他，每天不跑十公里，浑身不得劲。来北田两天，他已经用自己的双脚丈量了北田变电站和万亩苹果园。他跟我说过，跑步也有境界，刚开始是身体要跑，身体在跑，再后来就是灵魂在跑，精神在跑，但闻耳边风声呼啸，忘了人间所有烦恼。

昱帝哥哥的鼾声，早有耳闻，但我并不以为然。没曾想，这夜，这鼾声，成为我一篇小品文的灵感源泉。鼾声无情，文学有爱。当你本就因为白天上课的余响念念不忘、回味无穷时，这无情无序无法无天的鼾声，怎不令你夜阑梦醒，下床捉笔，怅然属文。

是的，该有个了结了！这样的鼾声，没有一个形象的记录，没有一个通俗的讲解，没有一个生动活泼让人感同身受的描写，是不公平的！这样的讲座，这样的夜晚，这样的灵感，这样的题材，是命运的暗示吗？天注定，我与鼾声有个约会，有段不解之缘吗？

在这样的时代背景下，我写下了这篇差点让“昱帝哥哥”成为新一代网红的小文章——别人通过嗓子唱歌没有成名立万，“昱帝哥哥”却通过鼻子打鼾一炮而红。全文如下：

《命运交响曲》

——记昨夜的鼾声

打鼾是常见的。人在乏累的时候，都难免打鼾。但有一种鼾声我相信你没有听闻过。

他的鼾声几乎持续在睡眠时间的始终。难能可贵的是，这鼾声决然没有旋律的重复和单调，更无规律可循。

请你紧闭双眼，凭着听力的想象，随我进去这样一个奇幻的世界。

初闻，有那么一段，好似一个年壮的人质被歹徒拿烂布塞住了口鼻，痛苦而发出的呻吟，有着求生的急切与迫切。

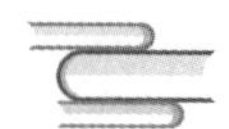

之后又陷入漫长深沉而可怕的宁静，仿佛已经进去永远的清凉世界，习习晚风吹拂着军港无声的夜，静悄悄，静悄悄……

但突然，又仿佛在你头顶正上方不远的天空，霹雳打出一连串连环的惊雷，好似天宫的雷公电母就在你身后丈余高的空中，奉玉帝旨意要拿你回凌霄宝殿。

这之后，又迅速回到人间，你面前有一台烧坏的机床，机身周圈电流蓝光丝丝，蹿着小火花，继而冒出青烟。机冷烟灭。

尔后，你乘着直升机缓缓转过某个即将休眠的火山口，忽见脚下有野马群朝你轰隆隆汹涌澎湃奔腾而来。场面何其壮观！

刚过马群，你又俯身进去安静的草丛，听到蟋蟀在悠扬地弹琴，充满诗情画意。然而一只潜伏捕食的猎豹，悄无声息地接近你身后。突然张开血盆大口，发出那充满贪婪的饥饿的低沉的吼声。

当你惊魂甫定，有种兽口脱险的庆幸时，又仿佛某个会场主席台的话筒对准了扩音器刺激耳膜之后，耳朵发出滋滋的幻听。

这就是昨夜的鼾声令我产生的想象。

在这样的鼾声中，你也会无法入眠，浮想联翩——命运是多么的无常和乖张。

谨以此文，记录同事“昱帝哥哥”那惊天地泣鬼神的呼噜声。

公元 2016 年 4 月 10 日凌晨四点记

这篇小文章发到朋友圈和微信群以后，引发了大家一点阅读的兴味。好几位领导和老师津津乐道，捧腹大笑，好几位同事对我大加赞赏，让我在兴奋之余，更加明白了要脚踏实地，认真采风，只有深刻地体验生活，才能创造出“源于生活而高于生活”的文学作品。

第三天清早，采风开始。在采风的路上，作为联络员的我，被要求表演

一个文艺节目。外地的老师希望听到山西的民歌，单位的同事希望听到抒情的吟唱。众口难调，黔驴技穷之际，我唱了一首《小草》。

也许是我的歌声燃起了大家的热情，周玉娴老师、冷冰老师、张智锋老师都来了兴致，朗诵起了自己的诗歌。冷冰老师的现代诗写得真好啊，描写精准，回味无穷。宁静演唱的《宁静的夏天》，听来怎么那么清凉和舒爽？王烨的诗朗诵，吐字清晰，有板有眼。马爱丽的歌声那么柔美、甜蜜……就连躺在最后一排假寐的秦振岗也按捺不住兴奋，主动冲到前排来，表演了一段粤语模仿秀，朗诵了一段即兴诗歌！

我们的气氛，引得司机师傅都一路兴奋，说开了这么多年车，还从来没有见过这么欢快的大巴车联欢会。

从北田到特高压长治站将近三个小时的车程，我们的联欢竟然一直持续到特高压站门口。事后我回想起来，这时间长度快赶上央视春晚的联欢，没有经过任何彩排和筹备，怎么突然就一气呵成了呢？

啊！这也许就是文学的力量和魅力！不知道我感叹得有没有道理。

采风的时间非常紧凑，我作为总联络人，跑前跑后，尽心做好服务。我走在采风队伍的最后，不时提示大家加快脚步。时间紧迫，匆匆一瞥。特高压威武壮观，抬眼望去，映照在湛蓝的天空下，引得我暗暗惊叹和感慨！晋城公司采空区杆塔调节装置和沁河地区防鸟害针刺装置，给我留下了深刻的印象。一项项发明的背后，是电网一线员工心灵手巧、用心凝智的体现……

采风回来已经夜晚九点多了。我有点累，迷迷糊糊就睡着了。睡前脑子默默回放采风路上的情景——

窗外是漫山遍野随处可见的桃花红，杏花白，柳树婀娜，杨树挺拔，车内是我们此起彼伏的欢声笑语，前排仰，后排合，文思泉涌，思绪漫飞！

这一段永恒的记忆，永远铭刻在我深沉的睡梦里，永远，永远……

李云亮，男，1983年生，山西省泽州县人，中国电力作家协会会员。2006年发表短篇小说处女作《月影里的往事》，后有新闻通讯、书评、影评、诗歌等散见于《国家电网报》《国家电网》杂志和《山西电力报》《山西电网》杂志等。

三　　问

乔琳会 | 国网临汾供电公司

四月，北田。北田，四月。当很多文字为这两个词蜂拥而至时，我站在一扇门外被一只沉寂的门环拷问，被心里众多的疑惑拷问，被一抹刚刚点燃的星火拷问。于是，在离开北田的那个清晨，我独自行走在一条小径上，被这季节的斑斓多姿吸引，被这张扬怒放的生命吸引，这些也许正是一朵花或一棵树对于生命的独白吧？而我，我的生命又该用什么来独白呢？一棵树下，粉色的花瓣撒落一地，这应该是它们思考的碎片吧？

一个人席地而坐，敲开心门，开始一场我与我的对话。

一问“止”。在山西电力文协成立后的第一次秘书处会议上，刘予胜主席给大家提出了这样的问题：“‘知止而后定’，每一位小伙伴都要思考一下，在文学的道路上要怎么走，走多久，走多远？”这时，我第一次知道“止”还有“目标”的意思，也第一次懂得了文学于我还应有一个关于定位的问题。文学与我，似乎真的没有如此相近过。她似乎在某个远方，也似乎就在我的手心，只是我从来没有把她当成是生命的一部分，从来没有细细思考与揣摩过。而此刻，我需要把她植入我的身体，植入我的灵魂，植入我的后半生。从哪里开始好呢？就从一首诗开始吧！从喜欢的文字开始，多多少少会有那么一点敢于失败、勇往直前的无畏在其中，这样

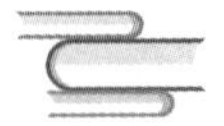

才会有无尽的浪花在心里翻滚吧！其实我知道，每一种文体都有它特定的表达方式和深刻的内涵，但无论哪一种都需要对生活细致入微的观察、深厚的功底与反复的锤炼。而我喜欢诗歌，喜欢诗歌本身的灵动，喜欢它们短小、深厚、快乐，它们深沉的存在，喜欢它们在你的脑海、你的牙根、你的双唇间来回穿梭，久久褪不去的感觉。北田的这些天，读了很多的诗，见了很多的诗人，比如，读到省检修公司杨震的《锦忻行》，被里面的文字打动，似乎看见了一堆“最爱正午的沙丘”，看到了一条调皮的小四脚蛇，看到了一道平凡却暖心的闪电。在这首诗里，一切都随着文字变得美丽起来，包括枯燥的巡线，包括毒辣的阳光，包括那些遥远的寂静。我也读到了陈仓的《工地小憩》，何文锋帮我理清了两个重要意象：“尸体”与“婴儿”，正是这两个意象将工人们疲惫不堪的真实状态描绘了出来，这诗句里喊出的是一种真实，一种源于生命本身的解读！对于诗歌，或是直视生活本身的真实或是撼人心魄的唯美，无论哪一种都是令你难以割舍的。我想，如果可以给我加一个定语的话，我想被这样定义：诗人乔乔。写下这四个字时，它们似乎直挺挺地惊诧地看着我。我知道这正是内心的一份忐忑，诗人该有多高的天分呀？我知道，我当然知道，但我仍要把这当成我的“止”。我已敲开一扇门，就会一直走下去。无论这路上有多难、多苦、多寂寞，我都要乘着这短歌长歌的韵律一直前行！

二问“行”。这是发生在采风过程中的一个小故事。在朔州供电公司的会议室，我们见到了三位先进典型代表，他们外表平凡，亲和低调，“这么短的时间怎么可能挖出故事来？”这个念头在我刚刚踏进会议室时轻轻一闪，我已经如是定论了。但是，随行的电力作协大师圆太极却颠覆了我的全部想法，他让我明白了一个以文字为生的人会如何去耕耘每一分钟。他只问了一个问题：“你最对不起谁？”问题一出，话匣子立马打开，“我对不起我的孩子……”这时，应县供电公司的宋丽芳经理说起孩子上幼儿园时与别人分享玩具的故事，原因是她的妈妈总是缺位，总是失约。“我对不起客户，有时候接到偏远山区的报修电话，我们虽然不停地往那儿赶，但还是让他们等了太久。”这是右玉共产党员服务队的一位小伙子道出的心声。最后的一位，是看似钢铁般的汉子，“我对不起父亲，因为我从来不知道他喜欢吃什么，而且我再也不可能知道了……”话音未落，他已潸然泪下。一个问题，问出了三个故事，我被圆大师的深厚功底折服，更被他的敬业与投入打动。随行之中，我问他：“如果让你去写，你会写哪一个？”“我会写父亲，因为这是无法弥补的……”说到此处时，他有些黯然失语，我想他是一个用心来体味生活的人，也许这个故事触到了他的内心，也许……此刻无须多言，这也应该是他作为一个文字人所特有的动人之处吧！？

“我来写这个父亲吧？你帮我把把关好么？”这算我们之间的一个约定，他欣然应允。我从他那儿懂得了一个文字人是应该带着“好奇”的眼睛去行走，应该带着心灵去行走，还应该带着一些梦想去行走！

三问“心”。从北田开始，我的心就没有空过，很多的思想、情绪、想法、困惑牢牢地占据着我，分解着我，拉扯着我。“诗分享”是我与刘海霞、马爱丽三人建立的一个小群，我们平时会针对一些诗歌的看法和认识进行交流沟通。在这里，我也发出这样的感慨，“我也许不是写作的料吧？”“我有点不懂诗了。”“我想退出了”。对，这就是真实的我，纠结过、失望过、怀疑过、煎熬过、欣喜过，也想过要放弃。看到现场无处不在迸发的灵感，看到众多流淌的美丽文字，看到许多的背影穿梭在每一个清晨或是夜半，我似乎依然是一个站在门外的人，看着美丽的风景不断闪现，却无力触碰，也无法走近。某个清晨，随手打开喜马拉雅频道，一首木心的《从前慢》缓缓而来，我在这些文字里豁然放空了自己，也找到了自己。

《从前慢》

记得早先年少时

大家诚诚恳恳

说一句　是一句

清早上火车站
长街黑暗无行人
卖豆浆的小店冒着热气

从前的日色变得慢
车，马，邮件都慢
一生只够爱一个人

从前的锁也好看
钥匙精美有样子
你锁了　人家就懂了

这首诗让我懂得了隐藏于心底的一份躁动与飘浮。在采风途中与郝密雅老师聊起时，她说到“积淀”两个字，那个时候我亦深深地领悟了。顾建平老师在诗歌组讨论会上，提到了这样一个比喻：“种一粒麦子，会收获一粒麦子，也可能会收获一粒烂麦子，或者一棵空空的麦秆。写诗，要等待一粒成熟的麦子……”一粒好麦子，靠的是一份源于生活的积淀，一份来自初心的坚持，一份取自时光的沉静。而我，正是要沉下心来，与一棵树对话，与一个人握手，与空气里每一个呼吸的生命都谈一谈我的梦想。

我的心已然空旷，我装得下太多的梦想，也装得下最远的远方。我要在一个僻静的地方埋下种子，浇灌清泉，播撒阳光，期待它在秋天，或者是明年，或者是更远的秋天，结出一颗最红最甜的果实。

乔琳会，笔名乔乔，山西省霍州市人。喜欢读诗，更努力写诗，作品曾在《国家电网报》《脊梁》《山西电力报》《临汾日报》上刊载。

不负春光不负卿

刘永正 | 国网太原供电公司

酷爱远游，心灵的远游。

每次穿越巍巍太行山，从太旧高速公路归来，一过娘子关，郁郁葱葱的路边树木和漫山遍野盛开的山花就会不自觉地将我思乡的情绪无限放大，座下车轮的旋转速度也会随着心情的愉悦瞬间增加几十迈。所谓“归心似箭”，大概指的就是这样的感觉吧。远方的游子，除却了“近乡情更怯”，更多的还是“思乡情更浓”。

一直以来，山西都有“表里山河”之称，历史的积淀何其厚重，文物的分布何其广阔。文学，作为可以反映和传承不同历史时期不同地域风土人情的载体，理应与三晋大地的鼎鼎大名相应和，相匹配。然而，从小怀揣文学之梦的我，总有“路在何方”的困惑。这种纠缠，持续很多年，渐成心病，思来想去，或许主要来自于舞台的缺失。曾经一些志同道合的文友在一起闲谈，回想起当年一群群朴素的文学少年初长成，真的不知下一步该由何人指点，该由何人领航。纵有万般文采豪情，也难免壮志难酬。

20 岁之前，我经常会问自己，我的文学之梦何时可以起飞？

十多年过去了，停顿、挫败、徘徊、无助，这些似乎都不能磨灭一个人的梦想。想要急切叩开文学之门的冲动经常会捶打自己的灵魂，让我夜不能寐。

回想职业经历，虽然每天做的也是文字工作居多，但不管多累、多苦，偶尔也会激扬一些文字传情达意，壮志抒怀。别人不解，唯我自醒。雪藏自己的爱好，偶尔在报纸上发个小文章证明自己的存在，就是过去十几年来自己的人生轨迹和写照。但总怕人家问，你不是文学青年吗？你梦想的舞台在哪里？你为什么还在原地踏步？你有大作吗？

那一刻，我像极了阿 Q，想要辩解，却无言以对。

一度，我以为人生就这样了，自己的文学之梦就此湮灭。文学爱好，只能作为书房里自我感悟的随笔和时间一样慢慢流淌，也许再过若干年，成为人生的一种遗憾说与子孙听。直到 2016 年 4 月初，接到了“山西电力作协大会”将在北田成立的通知，躁动和激情忽然被点燃，我知道，文学青年的春天已经来到，我的“花期”到了。

在北田，每天都被难以言说的激动鼓舞着，我知道，心中的“魔兽”已经被唤醒，它的蠢蠢欲动正是我创作的灵感来源。经过数天的会议和培训，亲眼见证了文协挂牌的光辉一刻，聆听了数位知名文学杂志编辑、山西文坛大家的文学讲课，醍醐灌顶之余，更多的是对自己未来文学之路走向的规划和畅想。期许已久的舞台已经搭就，作为文学的舞者，在这春光曼妙的时刻，就应该闻鸡起舞，舞出我人生，舞出我精彩。每每看到人头攒动的会议厅里，那一张张渴求文学知识的面庞，一张张熟悉的、不熟悉的面容，深为能够在北田基地共襄山西电力文学协会成立的盛举而骄傲。北田优雅的环境，各种树木吐绿争奇，各类花草盛开争艳，恰恰象征和预示了山西文学这一领域，自 2016 年 4 月之后，会率先从电力行业呈现井喷之势，燎原之势，这是蓄积了多年的能量，必将引发洪荒之力，推动电力战线各路文坛好手纵横捭阖。

山西是我们的家乡，电力是我们的职业，爱这方水土，就应该充分释放自己的文学天赋，为家乡的发展、电力的发展，奋笔疾书，留下念想。经过岁月的洗礼，先行者的点拨，我们一样会像太行山上的树木，扎根山岩，迎风挺立，郁郁葱葱。

激动，激动，还是激动，难以抑制的激动。

文学创作其实就是一场远游，是生命借助文字徜徉的精神远游，但它永远也不会脱离灵魂的归属之地。从今以后，北田，不再是地图上晋中境内的一个小镇，而是承载了三晋文学儿女梦想的港口和港湾，是梦起航的肇始之地，已然幻化成了文学风向标。走过了万水千山，从这里走出去的文学爱好者，或者是在这股大潮带领下的后来者，相信心灵的归属永远都系在了“北田”。自此之后，不负春光不负卿，将成为我人生的信条。既然许卿，就必不会负卿。在这春光明媚的时刻，用一段文字聊作文学之梦起飞的记载和存照，激励自己，鼓舞他人。

刘永正，笔名朔风，文学爱好者，常有短文、诗歌、随笔、评论见诸报端和互联网媒体，代表作有《诚信刍议》《一句话的威力》等。

醉人的春　火样的热

申廷芳 | 国网长治供电公司

我从太行一路走来，沿途春光大美无限，但远不胜北田的醉人。

我从基层一路走来，文影随行热情澎湃，但遥不及北田的火热。

醉人的春天，感受火一般的炽热。我想，这不仅是山西电力文学创作春天的到来，更是中国电力文学的一场盛宴。

北田，醉人的春

在北田感受醉人的春意，主要有两层含义，一是北田培训中心看得见的花红树绿，二是听得见一个个文坛巨匠谈文学。置身其中，让人久久难以自拔。

北田之春景，桃花儿红，杏花儿白，五颜六色，花香四溢，沁人心脾。晨练、午休、晚餐后都有许多赏花之人，或自拍，或合影，或吟诗诵词，大家都要把这份春的爱意用心领会，深深地记在心间，化作飘逸在电力文学创作基地的一个个美妙的五线谱，情景相融，触景生情，飞扬的思绪顿时就把北田的春景化成了一道道美的音符，陶醉得令人心往神驰。

北田之春意，厚植电力，聚焦文化，天马行空，受益匪浅。从著名评论家、中国作协原创作联络部副主任尹汉胤《文学的底层叙述》开始，一场关于“中国电力作家走进山西电力”的文学盛宴便激情开来。他说，“文学的魅力，在于心灵的抵达”，“人类所有的梦想都来自生活，要有发现美的慧眼，飞扬的思维，将不被人发现的东西挖掘出来”，我们作为精神产品的创造者，“要热爱文学、尊重文学、经营文学，打造精神品牌，做一个有追求、有灵魂的人。”《长篇小说选刊》主编、《中华辞赋》总编顾建平说，这是他第一次和电力亲密接触，当今网络时代，诗歌是唯一没有受到损害的文体。中国三千年文明传之久远，一定要按经典化的写作方向去努力，希望大家“在这个喧嚣的时代，做一个安静的诗人”。山西省作协副主席、著名小说作家王祥夫谈到小说创作时说，首先要解决“凭什么写东西？凭什么拿给人看？”两个问题，文学创作要见功底，做到“唱要像念，念要像唱”“有话则长，无话则短”“文面仅是浮在海面的冰山一角”“每人成长路不同，爬到山顶各不同，每个人都是一个独立的世界”“要用生活语言展示人性的善良，关注现实，为时代抒写”。《山西文学》主编、著名报告文学作家鲁顺民在山西文学创作选题改稿会上，详解了报告文学的由来，非虚构文学的形成与正名，指出报告文学一定要坚持“事实说话、人物说话、第三方说话”原则，科技含量高的写作对象用故事化的手法写更好看，例如特高压课题，应该从和特高压关联的人、关联的科普知识、关联的故事入手，从生活角度找视角，从重大历史事件上梳理线索，从人物成长史上梳理国家电网人的追求卓越史，从人性深处的情感、矛盾、纠结、坚守与奋斗梳理哲学思想的光芒，故事化后的特高压文学作品一定会成功。著名作家韩石山在散文创作讲解中说“人是要有价值的”，做人要“端得起，放得下”，散文是一切文章的根本，写作上要有调侃的心理，“幽默是真正的聪明”，写作方向上要多读晚唐的诗，“向古文偏、向名家偏，远学小李杜、近学沈从文、郁达夫”，步骤可以是“先习时文，渐偏古文，最后要从文章中见人、见智慧”，实现散文的“从无知到有知，从无趣到有趣”。山西省作协副主席、中国报告文学学会副会长赵瑜就纪实文学与通讯报道的相似性与不同点给大家做了深度诠解。他说，当今时代非虚构已经成为比较流行的文学创作方向，含书信文学、传记文学、纪实文学等多种文体，但纪实文学最具全面性。纪实文学与通讯报道都反映真人、真事、真地点，从职精神一致，工作方法相同，共同特征就是非虚构；不同点具体表现在历史渊源不同、现实使命不同、工作方法不同、立意构思不同、语言运用不同。作家体现的是个性化，记者体现的是共性化；作家关注陌生化，记者关注通常化，所以“新华体”就成了记者的常用文体，但作家要避免。《梦溪笔谈》《论语》等作品之所以成为传世经典，不但因为语言美，而且更便于大众接受、传播。大家之言，精辟深刻，令人久久回味，随堂笔录满满的 6 大张笔记，我要在今后的工作、生活中领会之、学习之、运用之、提升之。多少颗文学的种子在这里生根，多少个文学梦在这里放飞，还有些许文学的萌芽已崭露头角，“为职工书写，为电网放歌”成为这个春天最美的写意。

文思奔涌，激情碰撞。除了课间互动交流，课余间、茶饭后、晚睡前、晨起时，甚至于在奔往南、中、北线的采风途中，都有一片片雪花般的诗情散作，激荡在中国电力作协微信群、山西电力职工文学创作会员群，冷冰的《北田印象》、郝密雅的《风将我吹得旋转》3 首、林平的《从榆次到朔州》、何文锋的《北田记忆：一个诗歌盛开的地方》、武玉山《失眠只缘难忘你》、李云亮的《命运交响曲——记昨夜的鼾声》、秦振岗的《让我们用心碰撞》、葛翠萍的《七律·北田之春》《而此刻》、马爱丽的《又见“何喇嘛”》……一首首、一篇篇，美得令人发痴，叹为观止，文学的火花一经碰撞，是多么见人心底的诗意。

思绪飞扬，车轮滚滚。3 天的培训、2 夜的交流意犹未尽，春天的风将我带到世界首个1000千伏特高压起步的地方——长治。在这里，大家听到了长治供电公司《匠心筑梦》和《创新超越》的声音，深深被长治供电工匠精神和创新精神所感动。大家见到了我国首座1000千伏特高压交流试验示范工程的巨大和宏伟，若干第一创造世界纪录、若干首创创造“中国制造”神话，这难道不是“忠诚报国的负责精神、实事求是的科学精神、敢为人先的创新精神、百折不挠的奋斗精神、团结合作的集体主义精神”特高压精神的真实写照吗？特高压从这里出发，意义不仅仅在于“中国制造”“中国智慧”，而且更富有山西历来就是拱卫京华重地的现实使命与深厚底蕴，“山西安则天下安”绝不是空穴来风。“工笔不能太工，写意不能太实”，国家电网承载传输光明的使命与文学创作的文艺情怀在这个春天激烈碰撞，火花不停地闪耀。

记住幕后英雄，火热情怀

成行于国网山西省电力公司职工文学创作协会成立大会、“中国电力作家走进山西电力”采风活动，我们应该深深地感谢筹划、组织、参与、全程服务于此次活动的刘予胜主席的发起，以及英大传媒刘克兴、王彪、周玉娴等领导、专家的指导，来自中国作协、省内作协各大方家的亲临授课，还有会务组、秘书处全体人员的辛勤付出。

致敬刘主席，我想从他担任长治供电公司经理时候谈起。从那时起，长治供电首先从“6S”清理、整顿入手，规范和清晰了各专业、各岗位工作界面。给人印象最深的是“双八强长供、双十定方圆”战略，“双八双十”成为长供人的共同价值追求，系统思维成为长治供电的集中体现，刘主席个人的勤奋，成就了长治供电勇往直前的卓越品质，成就了长治供电一个时期的辉煌与美好记忆。经年后，身居省公司党组成员、工会主席高位的他，仍面带慈祥的微笑，甘为开垦三晋电力文学田园的发起者、耕耘者，联动工会、新闻中心发起成立山西电力职工文学创作协会，推介重点选题，邀请国内、省内名家讲课，搭建起山西电力文学创作“小朋友”放飞文学梦的平台。微信圈内那个经常发音、富有磁性的男中音不断修正“小朋友”们的失误，指正山西电力文学创作始终朝着正确的方向前行。扶上马，送一程，工会的桥梁纽带作用，这一时刻让爱好文学的电力职工体会得很深刻。刘主席用他对电力事业的爱、对企业的爱及对文学深厚的积淀和无限宽广的人脉，托起“小朋友”们难以企及的高度，并通过这巨人似的肩膀，更加接近文学梦、人生梦、中国梦的实现。这其中的劳苦与深意，唯有“小朋友”们知。

致敬刘克兴副总编辑，是他，让山西电力文协的“小朋友”更近距离接触、感受到许多当代著名的文豪大家的风范，更深刻领会到当代中国文学发展形势、写作方向，更清晰地了解了中国电力作家协会、《脊梁》杂志的用稿方向，还有他的组织与协调、主持与把握，每一个细节都深深留在山西电力文协“小朋友”的心里。更感人的是他和他的部属王彪等人挑灯夜战，让大家在第二天那个阳光满屋的早上，睁开睡眼的一刹那，感受到美的春景，灵动的诗意，字字句句触及灵魂，给人启迪。

致敬何文锋，从不认识到纸面认识，从微信安排任务到每晚交流会后提交会议实录作业，不可想象，那样看似瘦弱的身体里流淌着怎样的一种坚强，为会务服好务，为会员服好务，还要有时间整理其他的一些资料。如果问他“时间都去哪了”，他肯定会说，时间在工作中、时间在服务中、时间在爱心的流淌里。说何文锋有高度，不但是说在短短接触的 4 天时间里为会务彻夜操劳，而且更有他援藏的公益活动，一做就是 N 多年，并且援藏之后还要继续为援藏区的小朋友提供源源不断的资助。他是一个诗人，是一个富有爱心的诗人，如果说“诗意的栖居、做一个安静的诗人”是一个有思考的文人的概述的话，那么我更直白地感受到何文锋奔忙于电力一线，是一个集爱心、责任心与有一定文学高度于一身的诗人，是山西电力文化的一朵奇葩。

还有许多幕后英雄，他们的服务、他们的敬业，分明超越了他们的工作本身，让我感受到火样的炽热。回归文学频道，我想这正是更多人对文学的热爱、对文学的尊重、对文学的期盼。想起《弟子规》：读书法，有三到，心眼口，信皆要。北田之行，让我心抵文学的深海，让我眼见文字的高度，让我生出对文学的无限尊敬。

北田的春，分明是醉人的春，我分明感受到火一样的炽热。

感谢有你，来自北田的风，唤醒我多年未泯的梦。

申廷芳，国网山西省电力公司文学协会会员，签约摄影师，长治市摄影家协会会员，著有《光明正能量》新闻集，作品散见于各级媒体。

春天　我走近你

周英英 | 国网忻州供电公司

你，那么遥远，那么伟岸，那么遥不可及，我只是一个暗恋已久的倾慕者，悄悄地驻足在角落里，欣赏你的美，感受你的魅力，灵动于你的一举一动，在自己描摹的世界里，如痴如醉，甚至黯然神伤。

有梦总有希望，我期待已久，甚至在梦魇中都绽出灿烂；我希望和你有个贴近心灵、润泽灵魂的接近，靠近你，读懂你；我等待桃蕾丰润，梨花透白，榆树飘香，春机盎然时，我可以走近你。

终于，在阳光明媚、花香四溢的四月，我走近了你。

伴着春风，我恰似翩翩起舞的彩蝶，觅着百花吐芳的梦境而来，在这姹紫嫣红的季节里，像一只灰色的麻雀，等待一场百鸟朝凤的聚会。透过清浅的小池，柳枝依依，我聆听春天，一曲莫扎特的钢琴曲《渴望春天》正在激情上演。倾听了顾建平、王祥夫、韩石山、赵瑜四位大家的讲座，灵魂也在谈吐中行走。改稿交流会，任林举、冷冰、张文睿、李勋等老师的讲评生机勃发，恰似白云对轻风的依恋，在风的摇篮里，迷途的白云终于找到了期盼已久的家。此刻，一个走近你的梦，在这里浓缩得更加真实，俨然已成为不可能中的可能。我相信，跟随你轻盈、曼妙的脚步，我的梦会透亮、真实。

舞在春天里，我是一只渴望花丛的蜜蜂，走近你，我用触角窥探着艳丽，彤霞粉雾的桃花，映日雪白的梨花，澄黄澄黄的杜鹃，引领了我，我终于在五彩缤纷中找到通往春天的路。小说名家王祥夫的文学路、阅读史写满传奇，阅尽万卷册，定位每本书，成就他细节表述入木三分；北大才子顾建平的诗歌分享，在阳光和阴霾中抉择，彰显出爱诗歌更要爱生活的情怀；评论大家尹汉胤的讲述如春风，似细雨，走进身边事，挖掘好素材，融进读者的灵魂。我看到那些争奇斗艳的花儿向他们频频点头、微笑，而我就是那只寻着花粉、尽情采蜜的扑蝶。

在春的黎明，我是一只欢快的小鸟，走近你，和其他的鸟儿一起尽情放歌，幸福地跳跃在柳枝上、花丛中，让优美的歌喉、灵动的舞步为春天增色。唯美的春天里，我不知疲倦地尽情飞舞。走近你，看到坚挺白杨向我敬礼，劳模工作室的一件件创新成果，巍然屹立，为蓝天撑起一道道绿色屏障；走近你，听到婀娜柳枝向我倾诉，“感动山西电网”宁丽芳的事迹，婉约的池水在我心里流淌。走近你，看到嫩绿小草向我招手，职工书屋的绽放，浓郁了春的颜色；走近你，听到苍翠松柏向我汇报，特高压变电站建设的恢宏气势，吹响了能源互联网建设的号角，铮铮铁塔耸入云霄，见证了晋煤外送的伟大创举。

春天，我轻盈地走近你，畅游在春色中，丰腴了土的着色，淋漓了水的清澈，明朗了山的轮廓。

春天，我这样走近你，毫无掩饰地走近你，心灵撞击的火花，让我更加挚爱你。短暂四天的相聚已是渐行渐远，但我开始相信，你会在遥远的那边一直等我……

聆　听　春　雨

周英英｜国网忻州供电公司

时光穿透四月的北田，芳草依依，春意盎然。春雨不甘寂寞，在这万物复苏、百花争艳的季节，也悄悄然随风而至，一群人，一棵树，一方绿，一片叶，为春意着色，为大地放歌。

你轻轻地来了，轻如牛毛，细如针尖，挽着北田放歌的梨园，聆听昨日花香弥漫的记忆，如细细的琴弦，被春的手指拨响，琴声那般悠扬。你将省公司作家协会成立的心梦历程款款倾诉，你将顾建平、王祥夫、韩石山、赵瑜几位大家的文学心语娓娓道来，你将改稿交流会任林举、冷冰、张文睿、李勋等老师的倾情点拨一一温润，你将劳模工作室、职工书屋、特高压变电站的美好瞬间轻轻托起。小草快意地昂起头，柳叶欢愉地舒展眉梢，听着雨声，温润春夜絮语长廊，依然沉浸在北田梦的惊醒中。文学的春天，因惬意雨滴的点缀尽显淋漓。

伴着清浅的雨滴，寻着绵绵细雨，仿佛听到你用丰润手掌抚摸柳枝低低回旋的心语。在丝丝霏雨中，正如刘予胜主席来自心灵的寄语，他一次次用激情点燃心之“篝火”，将文学的种子播撒在小伙伴们渴望的心田，让曾经荒芜的土地，破土萌芽，焕发生机。在散文《春天我走近你》的写作中，刘予胜主席帮我寻得老师，在李勋老师的点睛之笔中，一些特定元素，一些山野风光，一些形象比喻拟人等的写作手法成了该篇作品的升华。梦想在春天的字里行间唱起暖歌，梨花洁白，桃花殷实，樱花曼妙。籍满田老师细到措辞的出处，恬静了梦的颜色，温润的心雨在梦境里流淌。我是一只倔强的丑小鸭，听着雨的节奏，激情舞动，用心演绎白天鹅的优雅、大气、瑞丽。

沙沙沙，沙沙沙，雨滴紧凑了起来，小草们尽情地喝着雨水，柳枝也在雨帘中攒动起来，苍翠世界里，柳叶青翠欲滴，草儿透亮光鲜，雨声撩动心弦，绚烂着梦的悦色，透亮着春的悸动。一篇篇短文、一首首小诗，散布于“职工文学创作协会”微信群，就像一只只追春彩蝶，不知疲倦地觅着扑向灵动的花朵，将文学新梦描摹成新时代的“蝶恋花”。

雨点迅疾，雨声飘飞，不绝于耳。扬起这一季暖阳的笛歌声，终于，听到了雨霁和花开的和鸣。云朵和花儿竞相怒放，白的、红的、粉的，紫的、黄的、绿的……正值春意浓情之时，我看到开满鲜花的月亮，也在和我们一起酝酿这春之后，该如何挂结那串串丰满的果实。正如潘飞副主席、刘克兴副总编辑和王彪、许鹏等老师们用灵动的笔勾勒春意，让一朵朵花儿罩上雨露阳光，绽放出文学新的蓓蕾。

听见花开的声音才是春天，灵动于雨滴的曼妙才能觅得绚丽的风景，聆听雨声，春歌盈怀，梦在延伸……

周英英，笔名银儿。作品散见于《脊梁》《国家电网报》《中国电力报》《山西电力报》《忻州日报》《山西经济日报》《三晋都市报》等媒体。

文　学　之　美

陈文正｜国网山西检修公司

经常有人会问这样一个问题，“你最喜欢的季节是什么啊？”有人会回答是炎炎的夏日，有人会喜欢丰收的秋天，还会有人愿意独享静谧的冬季，而我则只钟情于生机迸发、万物苏醒的春日。而就在一个暖意渐浓的春日，我刚刚见证了一个新生命的诞生，一个叫山西省电力公司文学创作协会的小家伙破壳而出，意气风发地出现在了人们面前。

叫他小家伙，是因为他的出生倾注了太多人的心血，每一个文学爱好者都参与其中，甚至仿佛每一个山西电力人都是他的父母。作为一名年轻的电力人，我能参与此次盛会，可以说是三生有幸啊。也许有人会说，你们不专心维护光明之路，跑到这虚无的文学小径来干嘛，有了铁饭碗还不够，还要来抢作家的瓷饭碗么？答案当然是否定的了，因为真正吸引我们的是文学之美，是一个可以让人修身养性、自由徜徉的文学大海。

文学的美在于修身养性。我是一个坚定的人性本善主义者，我始终坚信人之初、性本善的观点。没有什么人生下来就会害人，就要去算计别人，而贪官、罪犯、自私主义者等群体的出现，多是因为他们入了染缸，念了歪经，走上了一条条歧路。《论语》中有这样一句话，“质胜文则野，文胜质则史，文质彬彬，然后君子”，它告诉我们一个质朴的人，配上正确的文采，就会成为一个优秀的人才。这不正是性本善的人，经过了文学的熏陶后应有的状态吗？小说，通过情节来丰富一个人的思维方式；史书，它通过现实来指点一个人的处事方法；诗歌，通过意境来熏陶一个人的生活态度；而报告文学，则是通过人物来展现一种社会正能量。其实文学就是这样，它影响着人们的思想，培养着人们的修养，通过一本本优秀的书籍来潜移默化地塑造着一个人的成长。所以说，文学很美，美到他俨然是一位温文尔雅的谦谦君子。

文学的美在于天马行空。我们所处的社会纷繁复杂，为了约束人们的行为，会出现很多条条框框的规矩，甚至还有好多不上台面的潜规则，生活在这样的环境中，自觉非常憋屈。而文学却给了我一方自由徜徉的空间，让我能够实现许多梦中之梦。在文学这片自由之海中，我可以通过文字来宣泄自己的不满，而不用担心别人的苛责；我可以通过文字来实现自己对于多种生活的向往，而不用害怕别人的白眼；我可以通过文字来汲取不同的思想，而不用接受被动的灌输。在文学这个世界中，我能够真正地体会到静，或者说净，仿佛你可以抛去一切的约束杂念，而练就一种人书合一、置身事外的境界，在这个境界里你不会被打扰，你的心中只有你，你绝对可以慢慢地参透万物，当然，这需要时间的陪伴，而非灵感的迸发。所以说，文学很美，美到他幻化成一朵变幻莫测的飘飘白云。

我相信，不同的人对文学之美还会有不同的理解，但他所散发出的那种魅力是有目共睹的，正是在这样的魅力吸引下，我们愿意共同孕育文创协会这个小家伙的诞生，愿意在这个苏醒的春日相聚庆贺他的生日，将来也一定会暖暖地呵护他茁壮成长。

陈文正，男，现供职于国网山西省电力公司检修公司。

梦想　再次放飞

赵晨宇 | 国网朔州供电公司

电光流芳韶华去 / 盛地文坛 / 更有英才续 / 拜谒北田歌雁曲 / 义结文协吟格律

墨客骚人今幸聚 / 拈韵酌词 / 金指敲珠玉 / 铁笔如椽书锦句 / 柔情似水化春雨

3 天的文学盛宴不舍昼夜；

9 位文坛巨匠每人 3 小时的创作演讲；

40 名从全国各地奔赴而来的电力作协老师面对面交流分享；

200 多个来自全省各地市兄弟单位、怀揣文学梦想的同事们齐聚北田；

1 天行程，3 个团体，100 多名成员，跋涉 1000 多公里，分别奔波往返于晋北、晋中、晋南三地采风；

随即，上百篇诗歌、散文、随笔……纷纷新鲜出炉，接踵而至，散布于"山西电力职工文学创作协会会员群""走进山西电力采风活动群"。

这是一组有关山西电力职工文学创作协会成立大会暨"中国电力作家走进山西电力"采风活动的数据，我真正想告诉大家的，是这些数据背后的紧张、活泼、温暖、希望，是这一场场生动诙谐、激情四射的演讲；一次次推心置腹、挑灯促膝的长谈；一趟趟直击心灵、受益良多的采风；所孕育蕴含着的三晋电力文学星火燎原、喷薄欲出的态势和气象。我已经真真切切地感受到——一座电力文学史上的丰碑正在一砖一瓦地铸造。

曾几何时，我青少时的作家梦想是何等强烈且执着；曾几何时，我又在岁月光阴的打磨下丢弃了自己的梦想，甚至还找来诸多借口：本职工作纷繁杂乱没时间看书，日常生活琐碎不堪无心思提笔，后来干脆以“老”为由，自轻无所建树，自贱满心疮痍，现在想来，其实是自己的心空了。为啥心空？因为不看书不练笔不学习！继而也辜负了读书时老师的范文点评和小灶辅导；辜负了当兵时首长的谆谆教诲和退伍寄语；辜负了平日里父亲的言传身教和写作指导。

幸好，2016 年 4 月 6 日，我作为朔州供电公司的一名文学爱好者，有幸走进省电力公司的培训基地——北田，参加了此次文学培训和采风活动。新鲜、陌生的环境与面孔，亲切、熟悉的对话与接触，一如北田名字的诗意梨花入梦，又如春雨沐浴陶醉沁人心脾。

白天的创作演讲引人入胜。尹汉胤老师的底层解惑；王祥夫老师的扪心自问；韩石山老师的端起放下；顾建平老师的诗意旅程；萧立军老师的酒中诗话；鲁顺民老师的办刊曲折；赵瑜老师的历险文风；胡翔老师的深情吟诵；潘飞老师的戏剧人生……无不是真情流露，倾囊而授。笑，有笑的感伤；痛，有痛的领悟。

晚上的作品点评振聋发聩。胡翔老师一语中的，讲评我的散文《弹道无痕》虽文笔流畅，真实感人，但结构较散，写作逻辑驾驭稚嫩。张富遐老师还看了我最近写的一篇散文《身边的亲人》，并得知《弹道无痕》是 18 年前退伍时的习作之后，当即批评我说——没有多少进步，肯定是这些年没看书没练笔。还有任林举、梁贵宝、马卫巍等几位老师也对我的拙作做了点评和修改，并针对我的实际情况传授了许多写作方法和技巧。老师们说得都没错，《弹道无痕》确实是我将自己清汤寡水的军旅日记和当时发表的一些

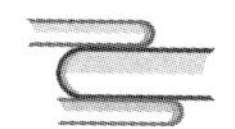

“豆腐块”收集整理、筛选重组之后，生硬凑的一锅上万字的“烩菜”，而后，也确实如张老师所言，荒废了！然而，老师们又鼓励我——你的文字功底还不错，只要多读多写多观察，假以时日，定会出些成绩的。

还有刘予胜老师的一声“小朋友们”让人顿生亲切之感，同时也平添出莫大的信心与使命感，回想以往这些年辜负了那么多人的希望和付出，而如今，又怎能再次辜负这声昵称的殷殷深情和切切期盼，又怎能再次辜负此次文学盛宴的精心烹调和用心良苦。

三天的文学盛宴是以第四天的“走进山西电网”采风活动的终结画上句号的。采风活动中，我不仅再次看到了以前经常见却没有如今感怀颇深的铁塔银线，还亲眼所见亲耳所闻了许许多多的先进人物和感人事迹，更是感受到了一路同行的作家老师们满满的创作热情和认真的工作态度，以及所有同事文友们对职业与文学的敬畏之心与渴盼之情。

回到家中，夜不能寐，特高压如火如荼的施工现场犹如幻灯片一幕幕闪现眼前，驻足脑海，连同自己早已丢弃、正在找回的梦想，跃然纸上——田野上 / 我以你挺拔的姿势站立 / 无需荫凉　不惧风霜 // 沟壑前 / 我和你一起伸展双臂 / 架起线缆　拥抱蓝天 // 岁月里 / 我与你渐渐融为一体 / 骨骼铁塔血肉银虹 // 在梦中 / 我伴你同向远方输送 / 电流奔腾　慷慨恢宏。

这一刻，我释然了，那个远去的梦想，就像一颗不知撒落何处的种子终于被找回，并找到了属于它自己适合生长的土壤；又好似一叶即将随风远逝的风筝，再次努力操控好手中的线，得以重新放飞。

赵晨宇，男，祖籍河北徐水。1992 年开始发表作品，1994 年出版诗集《潇潇雨夜》，1998 年出版军旅散文诗歌集《另一种浪漫》，作品散见于《脊梁》《国家电网报》《电网头条》《采风中国》《解放军报》《战友报》等报刊。

一个文学爱好者的独白

刘绕菊 | 国网山西新闻中心

如果不是这次春天的相聚，不知内心潜藏的梦想会不会被重新唤醒。是的，很多时候，我们都是需要被唤醒的。在日复一日的庸常生活之外，我们需要通过某种方式确认，自己的内心依然潜藏着梦想，且梦想的温度依然火热。

4月7日，国网山西省电力公司职工文学创作协会成立的日子。在这个日子之前，大家已经忙碌了无数个日夜。筹备工作千头万绪，小伙伴们为确定选题殚精竭虑，为收集稿件群策群力，为迎接贵客精心准备，为文协即将成立而激动不已！终于盼到了这一天。在春天来得更早一些的北田，一群有共同情怀的人们的聚首，直把这里变成了一片热情沸动、真情流动、诗情涌动的沃土。只消播种热情真情诗情，不用等到秋天，马上就可以收获更多的热情真情诗情。

在这样的氛围之中，我得以好好梳理自己与文字的缘分。这种缘分似乎与生俱来。小时候家住农村，读物甚少，家里用来糊墙的报纸经常被我翻来覆去地读，糊墙时发现新报纸，马上埋头读去，糨糊干透报纸也没上墙，耽误了进度浪费了资源总被家长调笑批评。小学几年黑板报，中学几年广播站，高中几年文学社，大学几年校报记者和系刊编

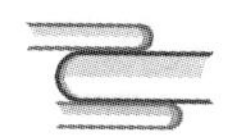

辑，及至毕业后从事企业新闻宣传工作，20 多年间始终与文字牵扯一处。我和文字，可以说是日久生情，但我却对她用情不深。阅读无章法，既缺乏系统学习文字技巧的恒念恒力，也缺乏流畅明晰表情达意的笔底功夫，每每有想写点什么的冲动，总因种种原因最后不了了之。时至今日，在公司职工文学协会成立的时候，我才发现除了一些流水账，自己什么也拿不出来。

但另一方面，这些年与文字的瓜葛，却让我可以大言不惭地说自己也是个有文学情怀的文学爱好者。此次邀请名家大家与我们交流、体悟、分享，他们言语之间有一种特别的文气，话语中透着我喜欢的亲切和直白，让我看到诗歌中的人文关怀、小说中的社会透视、报告文学中的责任担当、散文中的人生参悟……老师们无论讲课还是交流，都是那么朴素平和而又发人深省，看似无奇却是字字珠玑。在我看来，由这次文协成立以及培训、采风而激发的热情真情诗情，正是文学情怀广泛存在于电网职工中的一种反映。且不说自觉主动朝着文学之路跋涉的人们，能够唤醒如我一般文学爱好者心中潜伏的梦想，这场春天的盛会就算得上功德无量。

为什么北田的春天今年显得格外美丽？那是因为我们共同的文学情怀。文学滋养了心灵，让熟悉的名字们久别重逢，心灵美化了时节，让春花灼灼、杨柳依依成为 2016 年铭刻在我们心底里的深刻影像。

刘绕菊，1984 年生，山西乡宁人，中国电力作家协会会员。2006 年至今在国网山西省电力公司新闻中心从事报纸编辑工作，发表新闻及文学作品近 300 篇。

春日里的播种　耕作文学的北田

张　超｜国网山西电力

猴年清明刚过，我有幸来到北田，与山西电力的文坛大咖们来了一次文学“触电”。在这里，我才发现自己文学功底的浅薄，也更加清晰地看到了文学创作“朋友圈”的边界，这个偌大的“圈”犹如一轮在我心中初升的朝阳。

回想自己文学创作的历程，时间还算久远，这让我想起韩石山老先生在培训课上说到，他的写作生涯是在校时期偶然机会发表文章开始，那这么算来我也有十年开外的“资历”了。我不敢说自己是一个多愁善感的人，但我却是一个感情丰富的人。小时候，父母经常教导我要“记人之好、念人之爱”，因此稍有小感便作文投稿，屡遭“碰壁”后便偶有作品问世，甚是得意。长大后，随着学习工作任务的加重加之懒惰，我不自觉地缩减了很多阅读和写作的时间，这让我常常愧疚难耐。记得最近一篇文章还是写在去年父母三十年“珍珠婚”之际，同时我也对自己成长的三十年进行了一次总结。

对文字的眷恋让我在北田与文学“触电”后倍感亲切。多年来，我竟对自己身边潜伏的众多文友浑然不觉，也错过了很多向他们学习的机会。短短两天的培训唤醒了我沉睡多年的情结，让我听到了她从“囚

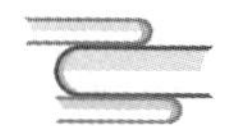

笼”里发出撕心裂肺的呐喊。而我身边的每一位同事，他们对文学的挚爱和随手创作的字字珠玑也深深地感染了我。

培训刚落幕，我就读到郝密雅老师的诗歌《我们》，诗歌行云流水的脉络和顿挫有余的文字如甘泉润喉，沁人心脾。回到太原，籍满田老师的《北田小记》让我感触颇深，短短几百字的随笔把我们两天培训的精华总结的淋漓尽致，笔尖流露出对这里的不舍和感恩让人倍感荣幸。一觉醒来，李云亮老师创作的《命运交响曲——记昨夜的鼾声》倍感真切，殊不知，他们书写的点点滴滴都来自身边不起眼的小事，他把同屋的鼾声描绘得出神入化，传神传意。午间时分，赴三晋大地采风的同事们也纷纷把自己的作品发至微信群，如《从榆次到朔州》《我的特高压》《塔尖的诉说》等，让我再一次听到了大师们内心深处的独白。辛苦辗转的采风活动加上旅途劳顿，他们全然不顾。特别是赴晋北采风的同事们披星戴月夜归已是凌晨，让我对他们“为职工书写，为电网放歌”的坚守与执着深感敬佩。回想过往的工作，虽然身在调控大厅远离了现场的艰辛，但是通过调度电话依然能深切感受到一线职工的不易。作为一名调度员，未来自己能做的事情还很多，需要自己承担的职责也很重。

在北田的每一分钟我都倍加珍惜，一来是深知自己能参加本次培训的不易，二来是对这里每一位文坛大师带来的盛宴求知若渴。他们的讲演开拓了我内心深处的北田，让我看到一粒粒文学的种子，在我的内心深处播撒。我将用心滋养这片沃土、悉心耕作，期待未来的北田结出累累硕果。

张超，国网山西省电力公司职工文学创作爱好者。协会会员。

春来　花开

聂晓俭 | 国网晋中供电公司

依依杨柳四月青，采风北田乡土情。

电力作家浓墨笔，春风十里绘不尽。

看着“山西电力职工文学创作协会会员群”中一条条的记录，会心的交流，新颖的笔调，图文结合地叙说着这次活动的全过程，展现着榆次北田小镇的风光，记录着这次别具味道的采风。

虽然没有和中国电力作家们一起享受田间美景，没有聆听文学大师的字字珠玑，但在我心里却浮现出这样的画面，袅袅清风，依依杨柳，诗人墨客作赋吟诗，淡了远山，却浓了春来的花香。

这花，是我们电力部门文学爱好者们的创作之花。那些曼妙的诗歌、精彩的小说、优美的散文、真情的报告文学，赞北田之美，许一树花开。这花，是直通心灵的对话，是对造物最美的说辞。

籍满田老师的杂感从十条到二十条、三十条、五十条、一百条，那些对春天的感悟，像喷涌而出的泉水，潺潺有声，可细细读来，又似清茶，萦绕舌尖，引人深思；忻供周英英的《春天，我走近你》，一稿四易，一篇比一篇精彩，一次比一次完善，看似笔练却是心炼，不意春风却写就春风；援藏英雄何文锋，在藏区助学中敬业求精，离开

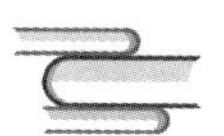

藏区依然如故，在他文章的字里行间，每一处都细细雕琢，不语斧凿……每一位创作者，都在这个春天找到了春天，找到了不同的自己，开出了不同的花。

我忆起了我的花，“红白满芳草，开时人少年”。那年我刚刚走上工作岗位，成为晋中电力职工中专三尺讲台前的一名教师，六年心血，手有余香。我喜欢充实每一位学子头脑的感觉，我喜欢他们围坐在身边的嬉闹，我喜欢他们离去时的桃李花香。

我的花，是“更无柳絮因风起，惟有葵花向日倾”。在编辑《晋中电力》报、采编《晋中电力新闻》的时候，用艰辛和责任，播种春天，收获金秋。就像一朵朵怒放的向日葵，在阳光倾城的日子里，用自己的方式，绽放着生命的价值。

后来，我身边的员工，就是我的花。作为一名机关的管理工作者，就是要让我身边的每一朵花，都开出他们各自的美丽。组织大型活动、挖掘宣传典型、编写策划方案、研究高效工作法，这些，都是绽放的土壤。就像这次活动的一些人，他们既是组织者，又是创作者。早起寻找素材、捕捉灵感，上课学习知识、勾勒思路，课间餐间互动问答、碰撞火花，夜晚创作作品、凌晨丰收硕果、甜蜜入梦。

我看着他们，像看着过去的自己。充实的一天又一天，怀揣着未来的期许，满载着丰收的喜悦，以独特的语言艺术，在岗位上延续着心灵的创作，在平台上发表着成长的心声，在报刊上展示着自己的作品，在文学创作的道路上奉献青春与才智。

李勋老师在《北田的意义》中这样写道：我知道这一次的使命 / 是把三晋大地温煦创意与结构 / 以一朵兰花的名义 / 一瓣瓣散落在迎春的香梦里。

也许，时光变了，可只要花在，无论盛开在眼前或是心里，春天就永远美丽。

聂晓俭，喜爱写作，《钱学森的争与让》等文章散见于《国家电网报》《中国电力报》《山西电力报》等。

韩石山——真实背后的真实

支翠平｜国网山西新闻中心

著名作家韩石山是近日英大传媒开展“中国电力作家走进山西电力”文学采风培训活动中，聘请讲课的作家老师之一。

他的讲座风趣、诙谐，欲扬先抑的开场白就赢得了阵阵掌声和全场听众的开怀大笑，行云流水般的语言，让听众在笑声中体悟为文之道，在饱含学养和广博的例证中感悟做人之理。

一首元代诗人的诗：

典却青衫供早厨，老妻何必更踌躇。
瓶中有醋堪浇菜，囊底无钱莫买鱼。
不敢妄为些子事，只缘多读数行书。
寒冬烈日皆经过，次第春风到草庐。

在他缓慢而又低沉的嗓音吟诵下，抑扬顿挫间，仿佛穿越了 30 多年的时光。

20 世纪 70 年代后期，韩石山老师是我爱人高中时的班主任兼语文老师，我爱人是韩老师所带班级的班长、团支书。1978 年，高考制度恢复的第二年，高考录取率只有百分之六点六，在那个大山深处的镇中学，当年考上大学的一届学生中只有两个，我爱人是其中之一。因此，韩老师在我们业内讲课时，每次都要提及。

韩老师是享誉省内外的著名作家，钦佩他文才和学养的弟子学生不计其数，成为韩老师没走上文坛前的学生，我爱人说，三生有幸。那年他们班的高考语文成绩普遍高于其他班，作为毕业于工科院校的大学生，我爱人的语言写作功底也就是中学时韩老师代他们班的语文课时打下的基础。

20 世纪 80 年代后期，我们结婚时，韩老师已从山区中学调到了省作协。他是骑着自行车，从太原市南华门骑行 30 多里地到我们的婚礼现场的。30 多年前的旧晋祠路，是河西通向市中心的主干路，拉煤大卡车呼啸而过，满载郊区学校师生和电厂职工家属以及附近居民的 5 路公共车，也行驶在现在看来还没有两个车道宽的路上。当时，道路两旁就是水沟和大片大片的水稻地。

记得那时的他，身材高大，风度翩翩，朗声送上祝福的同时，印象最深的，是他脸上像地图样的有纵有横或深或浅长短不一的褶皱，尘土合着汗渍，还有为了避免裤腿卷进自行车轮子，用夹子夹起来的两个裤角。

20 世纪 90 年代，他女儿结婚时，我们到场祝贺。来宾大多是他的同事、学生和报刊的编辑朋友。记得，那时的韩老师喜不自禁，身板挺括，不知是哪位作家说，让老韩表演个节目吧。乘着酒劲，他随即放开喉咙，一曲山西民歌“桃花红杏花白”被他独具特色的嘶、吼、哼、叫演绎得笑声震天。他还边唱歌边跳跃，手掌在空中随着身体一起一伏，载歌载舞，欢快得像个孩子。

如今，坐在讲台上的韩老师，互动环节，为了听清学员的提问，他一只手掌竖在耳后，身体也微微侧着，同是朗声大笑，但不知怎的，他的笑声在我的心上像有细雨湿过草地。

上网搜索，打出韩石山三个字，一帧帧照片，清俊的面容，映入眼帘，小说《猪的喜剧》《轻盈的脚步》，小说集《魔子》，中短篇小说集《鬼府》，散文集《亏心事》《我的小气》，评论集《韩石山文学评论集》，文论集《我手写我心》《民国文人的风骨》《李健吾传》《徐志摩传》等，30多种出版物，丰厚的成果，著作等身的作品，一行行文字以及有关的"文坛酷评家""文坛刀客""学者型的作家"等名号，隆重登场，一时，哪个才是真实的韩石山呢？抑或两个都是吧。

"寒冬烈日皆经过，次第春风到草庐。"

支翠平，女，山西省作家协会会员、山西省女作家协会会员，出版散文、随笔集《月色溶溶》《临水自照》。

北 田 小 记

籍满田 | 国网山西电力

时间本无意义，是生命赋予其意义。生命亦无意义，是鲜活的生活赋予其意义。四月的北田，春光明媚，草木葱茏，绿柳依依，花香袭人。山西省电力作协成立，为喜爱文学的游子建造了一个精神家园。两百余名文学爱好者举行盛大笔会，他们因文字欢聚，为文学高歌。

文坛刀客韩石山，不惜牺牲长者之尊自轻自贱，诙谐幽默，活力四射。以端起架子与放下架子作比喻，把文人的进退有度讲得透彻得体。小说名家王祥夫，知识渊博，情趣高雅，以《旗袍》为例抽丝剥茧，把写小说如何抓住细节表述得入木三分。纪实名家赵瑜讲述采访之艰难，剖析新闻报道与报告文学之区别，使学员耳目一新。北大才子顾建平，讲授诗歌，叙述海子的悲剧，使我们懂得了爱诗歌更要热爱生命。评论大家尹汉胤，讲述底层的叙述，让学员懂得了，从熟悉的人熟悉的事去深挖题材，发现身边的精彩。五场讲座，高潮迭起，令人拍案叫绝。

一位长者将文坛往事娓娓道来，让学员认识了一个为文学而生、义气豪爽的中国名编萧立军。《山西文学》鲁顺民，《长江文艺》胡翔，电力文坛宿将潘飞，与学员朝夕相处，释疑解惑，使他们如梦初醒。英大传媒集团策划总监刘克兴，率电力各路英豪来山西采风，与文学爱好者互动，使学员如沐春风。

人是宇宙的精灵，而文人，又增添了几分春天的柔情。收藏家把玩自己的藏品，文人雕琢自己的文字。因为爱，所以用心；因为爱，所以动情。郝密雅的诗歌也表述不了这浓浓的深情。人生，短短的一瞬，注定要面对愁苦种种。人生在世谁不难？知难不难，难在畏难。要吞下眼前的苟且，想着诗和远方，因为我们是文人。

匆匆，三天的相聚太匆匆。我们不能忘记一个人，他叫刘予胜。

籍满田，男，1970年生，山西代县人。山西省作家协会会员，中国散文协会会员。已出版长篇小说《曾家兄弟》，纪实文学《滇缅之列》等。

人 间 四 月 天

葛翠萍 | 国网晋城供电公司

诗，是什么？

是每一个闪烁的微尘？还是每一寸指尖的光阴？是床前的明月光？还是独钓的寒江雪？

我常常这样问自己。

我带着几许仰慕和疑惑走进了306的诗歌讨论组。

仰慕，是因为对蒲素平老师的敬佩之情，疑惑则是因为我带着困扰已久的诸多问题。

初识蒲素平老师，是在“电力职工诗歌分会群”里。蒲老师是当今写电力题材诗歌最为出色的大家之一，他的每一个作品和符号都是那样铿锵有力和激情澎湃，那么今晚作为辅导老师的他，会如何为大家解读诗歌呢？

我们的诗歌讨论组人头攒动，年龄层次非常丰富，下至花样，中至不惑，上至白发，从另一个侧面也反映了当今的诗歌之势。

在一个个提问之中拉开了讨论的序幕，每一个问题都直点穴位，尖锐而深刻，有的对诗歌充满迷惘之情，有的对诗歌饱含却步之意，更有的对诗歌的发展满怀忧虑之心，每一块小石子都能激起千层浪。面对一个个“小石子”荡起的层层涟漪，蒲素平老师认真而耐心地为大家一一做解答，从诗歌的发展史到诗歌的流派，从诗歌的写作要素到诗歌的创作重心，从诗歌的切入到诗歌的收放，他为大家深入浅出地娓娓道来，并结合一些实例和作品逐一点评，不时迎来大家的阵阵掌声！

其间，一位白发苍苍的老人现场作诗两首，诚恳好学之情感染了在场的每一位学员。老师针对这位老人的作品做出了专业而全面的评论，也以此为契机为大家现场把脉，点出了大家在诗歌写作之中的通病，要把“语言”和“呈现”作为诗歌创作的两大元素，并在整体的节奏中恰到好处地把握好起伏；“波浪式”和“曲折线”是诗歌的骨骼，“翘得起”和“收得住”是诗歌的节点，而“勤阅读”和“多练笔”是走向诗歌成熟的重要途径……一席席话为大家的写作之路点燃了盏盏明灯，让在场的每个人都受益匪浅，信心百倍！

会场在一片沸腾中结束了，但老师的话却根植到了我的心头，也许在某天某时某刻，会破土而出，会开花结果。

会有这样一天吗？

我想，一定会，就像今天的人间四月天！

葛翠萍，笔名荷砚，山西晋城人。喜爱古典文学，特长为诗词楹联，为中华诗词学会和中国楹联学会会员，并任晋城丹水诗社秘书长，作品发表于《中华诗词》《凤台文学》《太行日报》，并著有《荷风月吟》诗集，以及短篇报告文学《雪域梦》等。

春天遇见冷冰

张瑞成 | 国网晋城供电公司

三月的风，在北田吹出了一片片桃杏花雨，缤纷满地的树丛间，会时不时看见三五同行的人们在拍照，我站立在远处看着，嗅着空气中到处散漫的花香，为着这眼前的美景而醉了。

初识冷冰老师是在北田的餐厅，经好友文锋的介绍，生平第一次与作家同桌用餐，内心还是很激动的。冷冰老师是那种让人一见如故，有久违感的人，几句交谈后，便觉得很熟悉了。

怀着忐忑的心，我还是将已经写好的两篇散文交到了冷冰老师的手中。对文学的期许，对自己的不自信，让我觉得等待的时间很是漫长。出乎意料的是，冷冰老师很快就主动约我谈稿。真诚耐心地指出了我的不足，当然，其中不乏肯定和鼓励的话语，并将两篇散文推荐给了美女编辑玉娴。印象最深的是冷冰老师对写作的解读——要写自己熟悉的、喜欢的事物，从写作中获得快乐。如果说心有窗的话，那么冷冰老师无疑是打开我心窗的人了，透过这扇窗户，我看见了文学的美景，感受到了春天的温暖。冷冰不冷。

第二次与冷冰老师交谈还是在餐桌旁，在之前，我主观地认为“冷冰”是她的笔名，当我很认真地询问她的实名时，冷冰老师笑了，说冷冰就是真名。还说自己以前用过“寒冰”“若水”等笔名，会不经意地与别人雷同，索性就用真名了。在场的人都笑了，我也为自己的问题笑了。真实，这是我对冷冰老师的印象。

很荣幸与冷冰老师同在南线组采风，时间安排得很紧，从北田一路向南，长治特高压、晋城创新工作室、劳模工作室，南线组的采风活动就要结束了。站在轰轰作响的大巴车旁，我两次握住冷冰老师的手，都不知该说些什么，作家采风团就要离开了，我突然对冷冰老师说了一句：别忘记我！冷冰老师笑了，我也笑了，我知道这是老师与我对文学的约定。冷冰不冷。

张瑞成，笔名星空，山西晋城人，山西电力作协会员，喜爱散文，作品多发表于晋电在线。

奔跑在春风中的摇滚

张卜文 | 国网吕梁供电公司

草长莺飞的季节里，熏风抚摸着干枯的黄土高原，孕育了缤纷色彩的花，也绽放了柔嫩可爱的绿。耳中听着“生活不止眼前的苟且，还有诗和远方”，让心灵和身体一起行走在通往远方的路上。

春风中的北田，垂柳拂水起皱波，百花争艳竟馥芳。匆匆而来的我并没有过多在意春天的美景，而是低头沉醉在自己的思考与即将到来的盛会中。作为一个从初中开始就坚决地追求“格物穷理”的拥趸，忽然在即将而立之年成为“情怀思人”的文学爱好者，心中颇有一些放弃眼前现实，追求“诗和远方”的意境了。

在刚开始工作之前，我就一直在思考，文章思想性与文学性应该如何平衡。作为一个理工科的直男癌患者，总爱将莺莺燕燕视作碳基生物，也会把红红绿绿看成光谱色变，更会把处处融融洽洽当作碳基生物在这个世界的客观存在。我总会想当然地认为推动社会进步科技发展需要创新的思想，专业论文会比文学小说更具普世价值。然而在看书一途初窥门径之后，居然发现花红柳绿地形容碳基与色谱会有吸引人的功效，也为我打开了更加广阔的世界。

初窥门径之后自然要深入研究，如饥似渴之后也会去总结形成自己的三观、体系。于是“格物穷理”的儒家理学进入我的视野，文理的争执在我心中已经不再是问题。文科思人，理科格物，殊途同归是为哲理。研究人的思考、人的语言、人的关系可独善其身，可兼济天下，可修身齐家治国平天下；研究物的构成、物的反应、物的转化可以通晓原理，可以总结规律，可以最终归结到人类和平世界进步。然而读书越杂，内心越彷徨：本来少年志高，意气风发，书上教我要为人沉稳，踏实做事，仔细一想，书上说得很对；本来年轻人应该一往无前，横刀立马，书上教我要谨言慎行，独善其身，仔细摸索，先贤毕竟没错。长此以往，应该属于自己的狂傲不羁、指点江山、脑洞大开和浪漫主义渐行渐远……自己也想撰文述志，却感到“前人之述备矣”。自己费尽心力搜肠刮肚总结一段话出来，原来《论语》早有之；自己抒发一片心，原来古人都已说过；诌两句三脚猫的现代诗，却见唐人的意境超出我辈千仞有余，再没有胆量敢将自己写的东西以文章自居。想起赵本山一句“看书都看不过来，写啥书”，不禁感慨万千。

带着“文章思想性、文学性”与“读书写文章矛盾”的问题与思考，我认真地从各位文学大家的讲座和老师们的座谈中去探索。听顾建平、王祥夫、韩石山和赵瑜老师的讲座，每位老师的感觉都像一场盛典，用音乐方式来比拟，我觉得应该是摇滚。这场朋克与古典兼备、蓝调与英伦共赏的“摇滚盛宴”不仅让我对自身的问题有所感触有所顿悟，更感受到了灵魂上的洗礼。

王祥夫老师在讲座中曾说“写东西就是要严肃负责，不能以玩的心态去做”，他也说作品都是“要有意义，让人读了有感悟，有提升的”。王祥夫老师这番话不禁让我想起鲁迅，鲁迅先生弃医从文就是为了唤醒国人的学习，剔除民众思想中的麻木。小时候学鲁迅，老师会讲鲁迅的文章是投向敌人的标枪。而现在的我，更愿意理解为鲁迅的文章是针对我们每个人的手术刀，这把手术刀尖锐却直指根本，锋利却直抵病源，闻之有切肤之痛，观之则全身战栗，对成长是一场深入灵魂的洗礼。王祥夫老师说在这个“独善其身”的时代，我们一样要借助文学，借助作品去发出振聋发聩的呐喊。听完王老师的讲座我的内心是震惊的，犹如头次听到电视剧《铁齿铜牙纪晓岚》片头曲《谁说书生百无一用》那句——“为天下苍生登高一呼”一般，犹如一桶冰水从头到脚淋了个透心凉。这不正是张载所言的“为天地立心，为生民立命，为往圣继绝学，为万世开太平”吗？也许“前人之述备矣”，但我们应该用大众更加喜闻乐见的形式去讲好的三观，好的道理。这不是对先贤思想无意义的重复，而是每个能写文章、能有读者的人都应该承担起来的责任和使命。

我忽然感受到了奔跑在春风中的摇滚。

如果文坛也有摇滚，我认为鲁迅就是摇滚的先驱和领导。鲁迅先生的文字节奏犹如摇滚般铿锵有力，表达的思想在超脱中有济世之情怀，在雅俗间喷薄着对社会的诉求，每个人都能在鲁迅的文章中找到自己，也能在鲁迅的文字中找到自己的病。而王祥夫老师所言，犹如金属摇滚一般掷地有声，又如古典摇滚一般高端而神秘。

在晚上的座谈中，我的一篇涂鸦之作得到了几位老师的鼓励，我颇有些飘飘然，那种澎湃而又膨胀的心情就像挣脱了小朋友掌心的氢气球，让我沉醉在不知哪个方向的春风中。然而我毕竟是稚嫩的，无论从语言描述，从文学功底，甚至从一个理科男应该有的逻辑性来说都出了牵强附会的毛病。胡翔老师、任林举老师的话语对我如雷贯耳，醍醐灌顶，让我瞬间从膨胀的心情中炸裂开来，从现实的碎片中寻找自己将来的发展方向。

任林举老师在读书方面有特别独到的见解，将我多年来“观圣贤书，习先贤之风却内心迷茫”的问题淋漓痛快地解决了。他说“读书读到一定程度要有选择性地去读”，你需要什么样的营养就去汲取，你的个性是什么样的就去发扬。对于我这种三观稳定、内心复杂的读者来说，如何发挥自己的特长、个性，如何与先贤去学习思想、胸怀才是更重要的。也许我写不出韩愈、欧阳修那样的文章，但可以多读他们的文章去体会他们的胸怀意境，在写作中向他们学习如何将意境、思想融入；也许我的游记不能像王安石的《游褒禅山记》一样夹叙夹议，但以后看书有了自己见解，在写读书笔记和读后感的时候能有自己的思考，那也是一种进步。曾经在课本中看到这些大家的文章，还不知天高地厚地会说一些浪荡话，觉得文人都是抒发不得志太多，负面情绪多过正能量，其实是我还不懂先贤之心呐！任林举老师之言，犹如艺术摇滚与独立摇滚的结合，直抒胸臆，对我们这些听众来说更是打破自信又重新建立信心的震撼之声。

韩石山老师的讲座我听得是如痴如醉，一举解决了自己前面思考的所有问题。韩老幽默风趣的风格平易近人，而其中思想高度、胸襟广阔更是我辈望尘莫及的。从韩老自黑式的语言风格来看，胸怀坦荡颇具风流。从韩老在说话中的遣词造句来听，更觉文学已深入骨髓血液，随口拈来即是文章，听之颇有“爽籁发而清风生，纤歌凝而白云遏”之感。无论是“身段”的端起、放下说，还是文人的“残疾”之说，抑或是《红楼梦》正气应运、邪气应劫的主题说，都使人耳目一新，听之更觉韩老思想、思维模式怪诞而不离经，意料之外而在情理之中，句句引人入胜，却又往往让我等大跌眼镜。韩老之言，似乎句句都切在“为天地立心，为生民立命，为往圣继绝学，为万事开太平”的横渠四句上来，而句句都没有如此所谓“高大上”的总结，听来犹如华丽摇滚之舒爽、朋克摇滚之艺术、英伦摇滚之古典、金属摇滚之绚丽、思之犹觉言犹未尽、曲高而更有深意。听完韩老讲座，心中只有两个大大的字“佩服”。

我自认为，文章固然思想重要，然而如果文笔粗糙，毫无文采，就不能吸引人读下去，那思想的普及就是空中楼阁。人家都不往下看，你写了有啥用啊？但如果文采斐然，只是临摹描红，终归是一片虚无，不成一家之言。

我等要成一家之言可能道行尚浅，但要有只言片语就首先得有自己的思想，有能讲故事的能力，有像韩老那样听之引人入胜、观之耳目一新的能力。要练就这种能力就需要长年累月地看书积累，看书过程更需要有独立思考的能力，而不是去不知所谓地附和学习。正如韩老所言，这身段得端得起来，亦需放得下来。参悟几日，突然发觉韩老所讲，已经不是单纯的文学、文艺，已经推及做人的哲学和处事的道理。

北田之行如一场酣畅淋漓的梦，又如一顿甘之如饴的宿醉。无论作家老师还是我们这些小小学生，都在北田的春风里奔跑出了一次倾心的摇滚。

张卜文，1989 年出生于山西临县，2010 年毕业于中北大学电气工程及其自动化专业。虽学格物穷理之学，也喜读书研究文史。每有会意，还用自己的“三脚猫”水平舞文弄墨写一点文字。愿学太史公执神勇之笔，写神勇之人，记录电网发展中那些可歌可泣的神勇之人。

高 手 如 云

张一龙 | 国网山西新闻中心

“北方有佳人，遗世而独立”，这次是“北方有良田，笔耕亦欢颜”。北田镇，毗邻农业大县太谷，盛产瓜果梨桃，是晋中和太原人常到的采摘之地。夏秋之季，道路两旁应时水果不断，花红柳绿，一派田园美景。

时维四月，躬逢盛景。这次“中国电力作家走进山西电力”采风活动和国网山西省电力公司文学创作协会的成立着实让人欣喜。面对资深作家和诸多电力文坛大腕，我这个资深文学爱好者惴惴然，跃跃然。于是，于繁忙会务之外访名师，拜大家，听讲座。先后讨教于尹汉胤、萧立军、李治山、李晋瑞、张俊杰、吉建芳、王凌云、王彪、周玉娴，请得圆太极签名，求得马卫巍墨宝，甚为满足。然时间有限，各位名家也被粉丝包围难以突入，再无所获。加之分组不同，甚至连久已慕名的潘飞、任林举、陈富强三位副主席和冷冰、张文睿、蒲素平、林平、冀卫军、李勋、王存华等名家都是擦肩而过，寥寥数语，甚为遗憾!

参会期间，既为伙伴们的如火热情而激动，也为自己差距之大而不安。回想 1992 年 20 岁时发表第一篇散文作品并在全国征文中获奖，至今又 24 年了！从供电一线转至企业新闻岗位，发表文字越来越多，却离文学越来越远!

痛定思痛。这几天认认真真地听了顾建平、王祥夫、韩石山、赵瑜四位大家的讲座，真正是“灵魂深处有所触动”！在我眼中，可谓“高手如云”。

顾建平老师，北大才子，儒雅俊逸。讲解诗歌，如同蓝天上的朵朵白云，翻卷变幻，姿态万千；山西本土作家王祥夫老师，出身书香世家，于文学、音乐、字画、文玩等均造诣颇深，为一大“杂家”，如梦幻彩云，斑斓夺目；大名鼎鼎的韩石山老师是首次一睹真容，其关于“作家的端起和放下”的讲座深入浅出，风趣幽默，富于哲理，发人深思，可能是笑声最多的一场讲座，韩老之言如金色晚霞镶嵌天边，绚烂恣肆，融通不拘，令人心荡神驰；报告文学大家赵瑜老师于我也是如雷贯耳，拜读过很多作品，对于无缘一见的《牺牲者》一直耿耿于怀惦记在心。赵瑜老师来自省内长治市，故而能听到他的很多故事。听其报告文学讲座，如观“黑云压城”力逾千钧，更像是“奋斗史”和“历险记”，聆听到采写过程的艰难险阻惊心动魄，方知好文皆是心血凝结！

听课之余，还有幸聆听了《山西文学》总编辑鲁顺民老师对于报告文学创作的详细讲解和作品的点评，我和同组的伙伴们都觉得收获颇丰。鲁老师的作品植根乡土，情系百姓，如果说高手如云的话，他就是一朵朵饱含着雨水并毫无保留滋润大地的“故乡的云”。

学习和采风的四天，是难忘的四天。对于我来说，希望是一个开始。期待着再次相聚，期待风起云涌的那天。

张一龙，1972 年生人，祖籍津门，长于兰州，居于晋中。素无他好，唯喜读书，不恋风花雪月，深钻史哲政经，稍擅文史评论，虽无硕果，亦有所得，自足于读书明理而已！

身体和心灵，总有一个要在路上

崔冰嬉｜国网山西承装公司

也许我们会经常在脑中闪过一些念头，想在日渐忙碌的日子里留下些什么，平凡而并不平庸的；想在无限琐碎的生活中为自己增添一些向往，宏大而并不夸张的；想在无尽的宇宙洪荒中留下些期许，独身而并不孤独的。在适当的年纪，在身体力行的时光，应当有适当的理想。或许高山，或许河流，或许空谷幽静的山间，三五人同行，一路的欢声笑语，再无奢求。

我一直以为，虽然年长的人时刻保持一颗年轻而童真的心很重要，但是年轻人能保持一颗成熟稳重的心更加可贵，这样就可以不那么忧郁地度过一场突如其来的内心风暴，以便能更加从容地迎接下一次黎明的到来。

我一度期盼能有一场众人口中的说走就走的旅行，背上行囊，迈开步伐，不顾一切地去寻找内心向往的神圣之地。我希望阳光洗礼着我的脸庞，四面的风刮走了我的足迹。我想着如何在这浩大的青春里留下不悔的自我。这些始终构架着我的理想。而如今听到顾建平老师讲到的远方，那是一种境界，无修、无为所不达，需要我们放慢脚步、仔细聆听。从追求生活的艺术开始到艺术地进行生活。我的人生阅历太少，还无法理解老师口中说的远方的意义：远方是超越现实，更高远的境界。我想我也只能理解为笑看人生，收起抱怨之心吧。

再说心灵的高度，不陡峭，而任何事物所不及。一个人如何拥有充实的内心，我想唯有旅行和读书。在行走中望尽天涯路，承载风雨行，不以物喜，不以己悲。人活着，大概就是一场修行吧。从读书中寻找自我，当自己不再与书中主人公同喜同悲，而能从中联系自身，感悟那花开花谢折射出的人生哲理之时，便是那修为增长之时，心灵才能有所高度吧。

如今我乘上火车，理解到人生也算是一次不紧不慢的旅行。遇到不同面孔不同表情的人，只打过照面就要陌路前行，天各一方。遇到一千一万人，便有一千一万种故事，也许欣喜，也许苍凉，唯独平整的内心不破，唯有行走的脚步不止，温暖的阳光永远会来，昨日的风自然也会吹来。我们都在路上。

路虽不同，但步伐不止，心灵不灭。

共勉！

崔冰嫱，现供职于国网山西承装公司。

共赴一场春日的约会

王 霞 | 国网山西检修公司

四月暮春，有朋自远方来。文人墨客齐聚在风景宜人的晋中北田，这个素来以春风化雨、润物无声而感化人，以古朴雅致、俏丽不俗而吸引人的培训基地，因为一场文学盛宴愈发展示了她不同凡响的美丽。

晨起时，落地纱帘外路灯将灭；夜归时，暮春的风凉意浓重。实在不忍辜负这人间四月天的美景，一日晚饭后，偷闲在草木日渐葱茏、花朵争相绽放的园子中赏景，却被石阶下、长廊边一片落英吸引了目光，绿意浅淡的草地上粉白粉白的花瓣盖在上面，真是美得触目惊心。以生命的终结换得世人的赞叹，这几树梨花若有感知，今春的盛放也该算作开有所值了吧。蓦地想起黛玉荷锄，浅吟低唱《葬花吟》的片段，也联想到探春在大观园中创办海棠诗社，吟诗诵词的欢闹场景。此时此景，若把北田比作大观园，电力作协就好比海棠诗社，四方云集的文学爱好者难道不正是曹雪芹笔下的哥哥妹妹，争相为一朵云、一阵风、一个梦肆意畅想、挥毫泼墨……晚课的铃声响起，思绪收回，不禁莞尔，急忙快步上石阶，进大楼，将落英和夜色通通甩于身后。

几天的学习，用求知若渴来形容自己应是最恰当不过，虽极尽所能想记住每一句言语、每一条经验，却终是遗憾领悟力有限，学到的太少！撷取几个片段重温当日的触动，权作这几日学之所获。

顾建平老师年少出道，文学造诣深厚，却以“小时了了、大未必佳”自谦开场。在他的讲述中，我们看到了国人的诗歌情怀正在被唤醒，每个人心底都有诗意的萌动和吐露的渴望，诗歌让我们认识生命、审视自我，在激扬的文字中诗意地生活。顾老师的课结束后，立刻上网搜索日本女歌手藤田美惠演唱的英国诗人叶芝所做《Down by the salley Gardens》，虽然还不会写诗，但一定要听顾老师的话，先拥有一颗诗意的心，提升品位，懂得审美。

带着深色眼镜的王祥夫老师，乍看一眼，便让我想起香港导演王家卫，都说艺术是相通的，这两个不同领域的人一定是有着同样的智慧和博学，才能创造出令人叹服的作品经世致用。王老师说：写作与读书的关系是“读七分写三分”；一个好的作家必须是一个思想家，要有正义感、同情心、斗争性；写作要写感动自己的和熟悉的内容……一条一条，逐一记录，也记住了这个祖籍东北、现居大同的作家言谈举止中的豪气和洒脱。

九日的早晨，刚到报告厅，一位老者正在门口与人交谈，直觉应该是韩石山老师。听得他说自己七十岁了，却看他乌发浓密，精神矍铄，暗暗叹服是怎样的胸怀和气度，使他古稀之年依旧风采不输后辈！果然，课上便领略了他的幽默、风趣、自黑、调侃。这个将授课题目定作“作家的身段”，告诉我们“作家在一个时期要端起架子，一个时期又要放下架子”的毫无作家架子的老先生，将会场的气氛调节得轻松愉悦、高潮迭起。“一种风流吾最爱，六朝人物晚唐诗”“公道世间唯白发，贵人头上不轻饶”“寒冬烈日皆经过，次第春风到草庐”……历经世事变迁、笑看人间百态，笔耕不辍、文风独特的韩老与我们分享着这些诗句，练达的态度融汇着文人的情怀，我想，这其实也是一场以诗歌为主线的讲座。

从事新闻工作几年，从不敢妄言自己与文字的关系，也不敢轻易承诺在文学创作的道路上要有何作为。赵瑜老师关于“漫谈新闻报道与报告文学的异同”一番讲授使我理清了两者之间在工作方法、历史渊源、现实使命、立意构思上的不同，更明晰了报告文学既要表达客观事实，又要表达主观倾向，语言力求饱含个性，蕴含艺术。那么，在接下来的特高压主题报告文学的创作中，团队的小伙伴们听了这次讲座，一定和我一样醍醐灌顶，有了各自不同的感悟和理解，并可学以致用地将其运用到采访和创作中。

想说的片段还有太多：鲁顺民老师赠予我们的刊物《山西文学》还泛着淡淡的墨香；李治山老师离别前一晚，倾囊相授的写作宝典；思维敏捷、口齿伶俐的周玉娴老师为我们讲述大凉山深处的故事；文静内敛、浅颦轻笑的吉建芳老师与我们探讨电力作品的困境与出路……只恨自己口拙笔生，词不达意，老师们几日的倾囊相授也不能将一个文学的“门外女”顷刻间点化成一个口吐莲花、妙笔生花的“女文人”，着实惭愧，不免惶惑。

这几日，春日暖、和风煦；这几日，人欢喜、心激荡。在报告厅一隅，以一颗崇敬的心认真聆听专家大师的讲授，在风格迥异的老师们的带领下，或徜徉诗歌的浪漫和不羁，或感受小说的超脱与现实，或感悟创作的喜怒哀乐，或领会人生的酸甜苦辣，心底无时无刻都是幸福而喜悦的……

文学对于我是一扇窗，站在窗外，无数的想象在心底泛开涟漪，像阳光下的水面，碎金闪烁；小心推开，窗内的景色在眼前豁然呈现，像走入桃花源深处，别有洞天。

王霞，典型一枚“理工女”，却在业余时喜欢舞文弄墨，抒发一些小情怀。20世纪90年代末期，曾在《太原晚报》发表作品二十余篇。2011年，转行至新闻宣传工作战线，陆续在《山西电力报》《国家电网报》《山西工人报》等媒体发表作品近200篇。

把握“命运相关的细节”

宁　静 | 国网晋城供电公司

很多人并不真正了解小说。

萧立军在 4 月 8 日晚北田小说交流会开篇这样说道。短篇、中篇抑或长篇小说，并不仅仅以篇幅决定。篇幅，仅仅是中国文协为评奖方便所做的硬性规定，诸如 3 万字以下为短篇，3~12 万字为中篇，12 万字以上为长篇，这样粗暴的区分方式是有问题的，但确实找不出更好的方式来。

短篇小说的人物、故事、矛盾冲突比较单一，通常只有一个关键细节。汪曾祺先生的《陈小手》寥寥 700 字，把封建军阀将为老婆接生的男助产士“一枪打下马来”的细节勾勒得如在目前。中篇小说结构复杂一些，通常具备 2 个主要矛盾冲突，3~4 个人物形象，命运相关的细节 2~3 个。这里所说“命运相关的细节”是指揭露小说中人物行为潜在意义的“有效细节”，而不是为了作者叙述方便编造出的大量“无效细节”。

萧立军提出的这个“命运相关的细节”的概念，对电力行业内外众多小说初学者意义重大。一个青年作家写了部 30 万字的长篇小说，在有着多年编辑经验的萧立军看来，可能压缩成 5 万字的中篇更让人觉得过瘾。30 万字的“注水”充斥着大量的无效细节，将之统统去掉，更有助于文章中人物鲜明形象的树立。

长篇小说是一个复杂得多的东西。它需要作者自身的丰富积累和沉淀。小说在中国大陆的传统一直没断，但一直到 1978 年以后，各省纷纷创办大型刊物，小说（主要是中篇小说）才迎来了它的繁盛时代，《中国作家》也推出了一批青年作家和优秀作品。那个时代长篇小说的代表作并不多，《芙蓉镇》《地球上的红飘带》《平凡的世界》是其中的佼佼者。4 组以上的矛盾冲突，丰富的关键细节，各种线索和冲突可以酣畅淋漓地展现，人物形象能够更加鲜活饱满。而长篇小说，更加需要特别精彩的细节。

小说有了最初的立意、主题、人物、故事梗概，对于"命运相关的细节"的把握和构思就尤为重要。萧立军举了两个例子，一是冯骥才《高女人和她的矮丈夫》，用高女人去世后矮丈夫在伞下给她留出的"爱的空间"这个细节，让整部小说一下子立了起来。一是高晓声《陈焕生上城》，"漏斗户主"陈焕生在县委招待所五元高级房间弹簧太师椅上扑通坐了三次，这些关键细节是小说出彩的基础，是作家整体构思的着力点。

如何找到这个构思点或着力点？山西省电力公司新闻中心的李云亮紧接着提出了这个问题。在回答中，萧立军展现了非同寻常的记忆力与谦虚、严谨的作风。所有事件发生的时间点、人物或细节他都信手拈来。他反复说，一定要写自己熟悉的生活，提炼出自己的境界。他本人唯一一部长篇小说《无冕皇帝》，就是他最熟悉的编辑与作家之间的关系——稿件的关系。山西作家赵瑜的创作之路，对所有写作者都是一个启发。无论是《中国的要害》《太行山断裂》或是后来的《马家军调查》，他写的都是他身边最熟悉的人和事。

从事原《山西电力报》编辑工作 20 年的支翠平女士提问："小说是要表达某些思想，解决某种问题的。对于一个从没写过小说的人，他的问题意识从哪来？"萧立军说，将其直接的生活经历写入小说的作者很少。一个作者要在日常生活中留心、留神，多听、多看，他所经历的事情都会带来珍贵的、有别于他人的感受，这些感受对于写小说至关重要。贾平凹就是这样一个感受极其丰富的作家，和别人喝酒、聊天，身边的事物都可能带给他灵感。“千万不要把感受告诉一个作家”，他戏称。这句话逗笑了全神贯注的听众，会场霎时“严肃活泼”起来。

时间指向 9 点 30 分，20 多位爱好者只有 7 位来得及提出问题。萧立军对爱好者们的另外一个建议就是模仿。鲁迅的《阿 Q 正传》是现代中篇小说的典范之作，它的人物形象、矛盾转折、关键细节都极为漂亮。海明威、契诃夫、莫言、王祥夫等中外短篇小说家的作品也都值得多读。从读到模仿，到逐渐形成自己的风格，这是一种文化传承。可以说没有模仿，就没有后来作品的成熟和深度。

写作贵在坚持。外表严肃的萧立军有一颗赤子之心，“只要坚持就一定会成功”。当今文学被边缘化也是一件好事，大浪淘沙，只有真正热爱文学的人才会留下。时间会证明一切，如果真的热爱，那就坚持去写作——坚持到底。

宁静，女，国网晋城供电公司摄影协会会长、读书协会秘书长。主要在《国家电网报》《中国电力报》、原《山西电力报》《晋电在线》及各省市级媒体发表新闻报道，偶尔发表部分文学作品。擅长文体为新闻通讯、散文 / 杂记、小说。

燃起希望

柴　晶｜国网山西新闻中心

4月的北田，春暖花开，在这个春光潋滟的日子里，国网山西电力职工文学创作协会在这里召开成立大会。

作为一名职工文学爱好者，我有幸参加此次大会。且不说为公司从此能有这样的文学组织而欣喜，此次会议邀请的文学大家就令我无限膜拜。赵瑜、萧立军、潘飞、顾建平、鲁顺民……平日里只是通过作品与之交流，此时却能面对面地切磋，何其有幸，何其幸福。

印象深刻的是身材高大却心思缜密的赵瑜老师。当我们向他请教撰写报告文学的诀窍时，老师毫不吝啬地为我们一一指点、讲述。他说，要想写好一部报告文学，没有捷径，就是脚板底下出成果，要多收集资料、多采访、多写作品，讲到动情之处，赵老师还会说一些采访途中的艰难以及他是如何化解难题的，当然，此中不乏一些趣事、乐事。想必一部好的作品不仅凝结了作者的思想智慧，它的背后一定还有更多的故事，辛酸的、快乐的、温暖的……

随着赵老师的讲述，结合之前读过的他的报告文学《开眼》，老师那一次次的采访历程不断在我脑海中回荡着。

赵瑜老师历时70多天，深入全国七省市老少边穷地区，触摸“户户通电”工程每一位建设者的脉搏。他以自己的真情换取电网人的真情，以自己的生命发现建设者不平凡的生命。在 70 多天时间里，他和这些建设者们结下了深厚的感情，同时也赢得了他们的信任和厚爱，最近距离、最真切地感受到他们丰盈的生活。

70 多天里，赵瑜老师一直在走，所到之处都是崇山峻岭，穷乡僻壤。他说：“在黄土地的采访，环境一处不如一处，往袁家庄走，车翻几道坡，还能看见一些低凹地里有野杏林；往八珠乡走，除了老黄土还是老黄土，想看见一点紫花苜蓿，都得遍野转大半天。”为了抵达邹家村采访，他经历了失重的感觉，一路走走停停，走一段下车来搬搬石头。赵瑜老师用脚，也用心去丈量所经之地，像一名勤勤恳恳的基层电力工作者，到边远地区去发现、采撷每一个电网人的闪光点，连通他们的情感世界，用自己的笔点亮他们的精神世界。

赵瑜老师的这种热爱职业、执着敬业的态度让我想到了许多。想到坐在宽敞明亮的办公室与老师跋山涉水的艰辛工作的对比，不禁让我重新思考应该如何工作，才能对得起自己的职业。

灯使人的心放大，电使人的力量增强。而赵瑜老师的悉心教导，让我的内心充满力量和触动，作为一名山西电力职工文学爱好者，我想我应该用手中笔真诚地记录在山区、在僻野埋下每一根电杆的电力建设者，书写电网的过往与辉煌，描绘更加美好的蓝图，实现不一样的人生价值。

4 月的北田，芬芳四溢，在这空气中处处氤氲着希望的气息之时，我的心中也燃起了希望，希望文学之花绽放山西电力，希望每一个文学爱好者从此刻再出发。

柴晶，1983 年出生，中级编辑，中国电力作家协会会员，原《山西电

力报》副刊编辑。300篇作品发表于国家电网及省内各大媒体，个人作品曾获“华北电力行业好新闻奖”“山西报纸副刊作品年赛奖”“中国企业新闻奖”；编辑的版面获“中国企业新闻奖”等。主编并出版《晋电百年话春秋》《女电工之歌》等150余万字文学作品集。

诗 歌 哲 思 录

宁 肯 | 国网山西检修公司

夜深，读冷冰老师的诗，仿是跟着她的眼睛看人间，青草的绿，桃花的红，杏花的白，层层叠叠、芬芳扑鼻，嫩绿、浅绿、淡绿，粉红、浅红、深红，青白、洁白、纯白，我的心灵被这五彩斑斓的颜色熏醉，我的脚步随这悦耳律动的诗句起舞。

“一条线路，一支队伍，一种形象，跨越沟壑的姿态像河流，绕过村庄的依恋，穿越山峦的阻隔，作为支撑生活的一种骨骼，和工地上的兄弟拥抱、握手，感觉像拥抱角铁，坚硬，但握住就暖了。”

这不是我日日守护的输电线路吗？我天天跋山涉水、翻山越岭陪伴守卫着你，怎么在诗人的眼里你好似有了生命？我曾扒紧你的角铁，努力向上攀登，坚硬、冰冷、触碰，原以为是凭一己之力登上塔峰，谁知是凭借你的高枝才屹立高空。坚硬，但握住就暖了，这原来是你的品质、我的幸运。

“高原的背景，怎样的命运都无法抚平。我愿意那些褶皱里的事物，安静，不悲伤，不用譬喻也光明。”读到这一句，我再也无法控制内心起伏的情绪，像中电一样泪水夺眶而出。要有怎样清澈的心，才能写出这样的句；要有怎样的胸怀，才能慈悲善待褶皱里的生命？

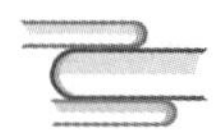

“谁的心貌如此坎坷却又坦荡苍然，走近了，细细看，沟壑深处的花开得奔放灿烂。”原来不是只有坦途的流光才令人流连忘返，景区的风景才值得观赏赞叹，崎岖坎坷的人生才更显英雄豪迈，本色苍然，万丈深渊的谷底才会出现洞天福地、世外桃源。

读着，我又笑了。情不自禁地哭了笑了，读到精彩处的浮想联翩，已然让我分不清哪是作者的本意，哪是自己的混入和添加，只是感到沉睡的感受被唤醒了，失落的记忆被找回了，朦胧的思绪变清晰了。此刻我与冷冰老师远隔万水千山，甚至未曾谋得一面相见，却透过她的诗歌产生了共鸣。这种感觉就像是交到了一位情投意合的朋友，是邂逅、重逢、眷恋、痴迷，一见倾心，爱之弥笃，乃至白头；又像是找到了一个久别重逢的兄弟，血缘中的相亲相近，仿佛是要喊出来：“这正是我想说的！你怎么知道的？”这样一种心境，让我仿佛置身于一种恬淡舒适的气候里，心中潜藏的种子因此要发芽破土了。

“冷老师：您诗歌中的意象对比反差很大，但总是由苍茫到明快，由灰暗到灿烂，总是能从绝望中看到希望，从平淡中给人力量，这是一种诗歌写作的技巧？还是您笔触经过的地方都有化腐朽为神奇的力量？您是怎么写出这样美妙而富有哲理的诗句的？”小粉丝充满崇拜又满是疑惑。

很快冷老师回复了我，她说：“简单讲这是一种悖谬式的表达，不要以为高就无所不见，不要以为低就无为可及，高与低的极致，极致亦是局限。”

霎时间我好似心有所觉，但又说不出来道不明白，但我的心神却告诉我这是打开诗歌之门的钥匙，是拨开心中迷雾的艳阳。看见了却又不清晰，明白了还有点狐疑，表达了总也不准确，脑袋里有千丝万缕，却一根也抓不住，思想像决堤的大坝，浩浩汤汤而又莫之能御。我唐突地回答老师：“好像庄子的思想，大就是小，小就是大，多就是少，少就是多，我好像有所领悟了。”冷老师和蔼可亲地回答道：“嗯，大致吧。梦里再悟吧！再悟下去会晕的。晚安。”我不甘心回复道：“晕过去也值了！冷老师安。”

时间指向了夜晚的二十三点四十九分，我躺在床上辗转反侧、寤寐思服、求之不得、思之愈深。沿街的车马隆隆声变得安静了，窗外明亮如昼的路灯也渐渐熄灭了，屋内寂静得只有我咚咚的心跳。渐渐地我失去了知觉，眼前的黑暗也转向明亮，耳畔响起了神秘二胡的嘶响，怎么场景一下跳回了古代，我站在了一个木匠铺的门前。推门进去看到一个木匠正在做家具，木匠手里拿出一个墨斗“啪”弹出一条墨线。只见一个胖和尚走向前去拿起墨斗，做了一首诗：“吾有两间房，一间赁与转轮王。有时拉出一线路，天下妖魔不敢当。”接着那个瘦高的书生也做了一首诗：“吾有一张琴，五条丝线藏在腹。有时将来马上弹，尽出天下无声曲”。我问这和尚两间房子是什么？他对我说：“两间房子就是墨盒，一间是转轮，一间能拉出墨线，这条墨线就是规矩，就是正直，就是准则。”我问那书生这张琴又是什么？他说：“这张琴就是人心中感性的欢欣，每到一处风景，每到一个地方，心中自有一种悲悯之情、欢喜之意。”那你们可否告诉我冷老师所说的悖谬式的表述到底是什么？胖和尚哈哈笑着，瘦书生展开扇子捂住了嘴。

“佛印告辞！”

“东坡告退！”

转眼我醒了，还在思索梦中佛印和苏东坡与我说的话语，他们到底想传授我什么东西？梦中的诗句到底是什么意义？这一切又和冷老师说的悖谬式的表达有什么关系？

打开灯，随手翻开了书，《老子》第四十章“反者道之动”，这句话支撑了整个中华民族从历史长河中走到现在，民族兴盛到极致就会慢慢走向衰败，衰败没落时又充满希望徐徐走向富强。这衰和胜、弱和强本不是悖论吗？但却可以相互转化、互相变化。这不就是冷老师说的不要以为高就无所不见，不要以为低就无为可及吗？高和低是相对的，弱和强也是可以相互转换的。

名家篇中，惠施说“至大无外，谓之大一；至小无内，谓之小一”，什

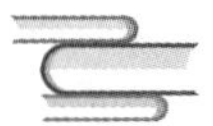

么是大？大到无边无际才是大。什么是小？小到内无余隙才是小。这不就是冷老师说的高与低的极致，极致亦是局限？阐明实际具体的事物性质差别都是相对的、可变的，运用辩证的观点来看这个问题我好像豁然开朗了。那么悖谬式的表达之于诗歌呢？就是站在更高的思想境界上，运用逆向思维观察周围的事物，才能写出意出尘外、怪生笔端的诗句。就像汉乐府《上邪》中所书："上邪，我欲与君相知，长命无绝衰。山无棱，江水为竭。冬雷震震，夏雨雪。天地合，乃敢与君绝。"山怎么可能不隆起？冬天怎么可能打雷？夏天怎么可能下雪？天地怎么可能合并？这本就不可能嘛，但就是这种不可能才更显示出爱情的情深意笃、忠贞不渝。

《道德经》第七十六章中讲："人之生也柔弱，其死也坚强。草木之生也柔脆，其死也枯槁。故坚强者死之徒，柔弱者生之徒。强大处下，柔弱处上。"凡强大反居下方，凡柔弱反而居于上方。这和我们常识中的以强胜弱不成逻辑啊，但这种悖谬式的表述更显哲理的精妙、智慧的生机。又如北岛在《一切》中所写："一切都是命运，一切都是烟云，一切都是没有结局的开始，一切都是稍纵即逝的追寻，一切欢乐都没有微笑，一切苦难都没有泪痕。"为什么欢乐没有微笑？为什么苦难没有泪痕？这样写不更能表现出作者心中的苦闷，和对未来的彷徨无助么？这也许就是冷老师说的极致亦是局限，笑到没有微笑，哭到没有泪痕。

我明白了，冷老师所说的悖谬式的表达，其实是让我从当下具体的生活中跳出来，给自己一个更高的视角，运用逆向的思维，用心发掘生命中的美好。如果你用这种方法，大景致就会缩小，你就能看到细致入微光怪陆离的新世界；如果你不用，世间珍奇放在你面前，你也会熟视无睹视而不见。如果你有这种视角，大苦难就会缩小，不能把你压垮；如果你没有，小挫折就会被放大，把你绊倒。它的用意就是让我们面对具体问题有更为开阔的视野和更加从容的心态。就像昨夜梦境佛印和苏子的指点：不论你学问多少，以何谋生，只要你正直、有准则，并且心中怀有慈悲之心、欢喜之意，你就能有所彻悟、有所收获，也才能拿起神奇的笔杆雄浑飞跃、点石成金，文不加点、洋洋洒洒，便成思想的巨人、精神的巨富。

席勒曾说，任何天才都不可能孤立地发展，外界的激励，如一本好书、一次谈话，会比多年独自耕耘更有力地促进思考。昨夜与冷冰老师的谈话就是这样，我感觉自己被启蒙了，试图透过一边一角努力窥探诗歌的门径。再次对冷老师表达真诚的谢意！您哪里是冷冰，分明是热火，不然怎会有用心发现生活真善美的热忱，用笔书写天地大美的灵气，如此看来冷冰老师您的名字与为人本也是悖论，表面冷若冰霜、拒人千里，内里热情似火、古道衷肠，实为仁师楷模，诗家彪炳。今天巡线路上，抬头望一眼铁塔竟被一道强烈的阳光刺伤了眼，定睛一看远远的安全警示牌在反着金光，仔细一瞧上面写着十二个字："宁肯停工停产，绝不违章冒险"，我哑然一笑，谁的人生又不是个悖谬式的表述？

正是：

冷冰诗歌沁暖春
深夜交流触心魂
悖谬表述法自然
一语惊醒梦中人

宁肯，国网山西省电力公司文学创作协会会员，其征文作品、演讲等多次在公司各类比赛中获奖；有散文、诗歌作品在《脊梁》《中国电力报》《国家电网报》等报刊发表。

邂逅北田“二顾”

闫晓娟 | 国网运城供电公司

去过的人说，那是一个小村子，远离城市、交通不便。近了，才发现，这里真是个世外桃源，除了一园的春色和满园的花香，更是文人墨客的摇篮，那细如发丝的垂柳、娇艳怒放的各色花儿、那一池池如翠般的春水，还有那宁静和虫鸟的低鸣，足以承载文学的梦。

一直以来，对文学的理解是，绝对不是课堂上手把手的产物，而是自身所秉承的天赋和满怀的热情，无技巧可言，但在这个有着浪漫名字的北田小镇，颠覆了我的认识，文学是有技可循的，天赋加勤劳加技巧加机遇加天时地利人和……便会离成功不远。

省电力文创会北田站邂逅文学界二位同姓的顾老师，让我那单枪匹马的文学之旅不再孤单。

顾建平，遨游文海的学者

长篇小说选刊总编顾建平顾老师，这个浑身上下透着儒雅与博学的北大才子，以他自身对文学的见解，娓娓道来即将复苏的《现代人的诗歌情怀》。他带领大家在文海里遨游，谈海子、谈《瓦尔登湖》、谈风雅颂赋比兴、谈诗歌与散文的暧昧、谈信息碎片化下如何自持，保持清醒的阅读。他亲切平和，不枯不燥、不紧不慢，把海量的知识如涓涓细流、如徐徐清风和着优美的语言，缓缓送进聆听者的脑海。

顾老师是个很优秀的文化人，他那久沐文海的素养，海量的知识积累，让人有如沐春风的感受。听他的课就像是在做着一对一的对话，亲切、随和、娓娓道来。他的话，一字不漏地摘下来便是一篇优美的散文。他说每个爱诗的人，内心都住着一个文学的灵魂，它居住你的内心深处，在必要的时候会破土而出，开出美丽的花儿。顾老师以文学编辑的身份语重心长地开导新人，从文者要端正自己的文学态度，努力使作品成为经典。

与人相处，给人的舒适感是自身所达到的高度，顾老师就是这样的人，是那从发梢都蕴涵着的文学修养，是言谈间流露出的博大智慧，是那眉宇间的睿智，更是那毫无架子可言的随和。他没有枯燥理论、循循教导，而是通过诗歌如海子、如鲁迅等名家引导大家读好书，抛出木心的白话诗直击文学现状，更对初涉文学的人儿谆谆教导，“未有成才之前，先做成才之花的泥土，做一个努力培养开出美丽花儿的泥土”。

顾老师，他那高大的体魄中包含着对文学、对生活、对人生的哲思，如他所说，“文学，是远离俗世的鲜花，无用，但美丽，人们的生活太需要美丽的东西。从文者要让自己在庸常的世界里，拥有一颗诗意的心，在先知先觉、不知不觉、未知未觉中做一个有态度的诗人。”

一首清新柔情的 down by the salley gardens(莎莉花园)，我们听到了顾老师内心深处、诗一样的浪漫主义情怀。

顾晓蕊，着一袭旗袍的美女作家

北田文创会议中，在庞大的摄影师阵容里有位身着旗袍的美女摄影师，

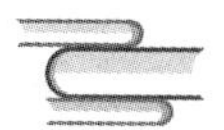

她穿梭会场，惊艳全场眼球，让人在紧张她的镜头时，又不由地想，竟然会有这么优雅的女摄影师。这位就是中国电力作协的美女作家、摄影师顾晓蕊。

她的名字像她的人一样秀，像她的文一样美。在那么强大的作家阵容里，她一直以摄影师、工作人员自居。专业得让人忽略了她的真实身份——颇具实力的美女作家。她是鲁迅文学第二十二届中青年作家高级研讨班学员，是《读者》《特别关注》《格言》等期刊的签约作家，出版个人散文集《你比月光更温暖》《点亮自己，你就是一束光》等。

她非常敬业，敏锐地观察着身边的事与物，不错过任何一次会场的变动，用笔尖，用镜头，用那双忽闪着智慧的大眼睛，敏锐地记录着身边一切她眼里的值得。

在她“日子如蝶，裙角留香”的岁月里，她的文更让人惊艳。

“一树攒动的绿，是一树无声的歌啊！白桦树的宽厚与博大，使它将伤痛深掩于时光背后，以一种优雅的生命姿态，越过寂寞、苦寒与萧瑟，成为不老的神话。我更愿相信，是爱，让它的眼波永远清冽灵透，一如少女”。（摘顾晓蕊《草木智慧》）

“阿君很少拍照，悠然地走着看着，或是坐在草地上，静静地仰望蓝天。我替她着急：“美景当前，不多拍些照片，会留遗憾的！”她回道：“万千风景尽在眼中，错过才是更大的遗憾。”细想也是。人生所有相遇，都是深深浅浅的缘分。世间的风景，一旦经过我的眼，入了我的心，便已是我的了”。（摘顾晓蕊《云朵之上》）

她的文字优美灵动，具有女性独特视觉，却又充满了大自然人文情怀，文中个人情感自然流露，不做作，如她给人的感觉，情真、文真，如严师又如家姐，如江湖女侠又如邻家小妹。她用影像记录着别人的生活，用文字记录着自己的心情，这个长发飘飘、有着旗袍情结的女子，柔情似水却又雷厉风行，是北田之行中我最想多看几眼的人。

她读万卷书的学养，行万里路的历练，如网友的评论“精雕细琢不露痕迹，浑然天成，漫不经心，实则匠心独运”。晓蕊，这个用心在写文的真真切切的女子，一定会走得更好，更远。

闫晓娟，山西省女作家协会会员、山西省电力作家协会会员、山西省摄影家协会会员、运城市作家协会会员、运城市摄影家协会会员。散文《莲花盛开的隐秘》收入《过光景——山西女作家作品年选综合卷》。

春天的不期而遇

赵 峥 | 国网太原供电公司

微风轻抚，花开错落。暖春四月，因林徽因的《你是人间四月天》而美丽优雅，因走进山西电力文学盛会而自豪，也因国网山西电力文协的成立而绚烂多姿，更因与韩石山老先生的不期而遇而暗自雀跃。北田员工培训基地成为这个春天最美的盛地。

韩石山是山西本土著名作家，久闻其名而不见，一直耿耿于怀。

最初知道韩石山这个名字，是刚刚走上工作岗位。乘着八十年代文学的春风，偶尔看到一篇韩石山老师的自传式文章，就被深深吸引着，朴实真挚的言语打动着我的心，也敲打着我的大脑。我喜欢文学书籍是从小学开始的，二年级时我的脚被开水烫伤休息了一个月，父母亲为我借了十几本小人书《儿童文学》，还有之前省吃俭用订阅的《红小兵》(后改为《山西少年》)。一个人在家抱着书翻来翻去、看了又看，它们给我寂寞的日子增添了无穷的惊奇和欢乐。一本《红小兵》杂志上有一组连环画，是关于未来现代化的描绘：火车像一条白龙，说是高速列车；家里有许多方块儿的电器产品，能干家务，还有可视电话。在1976年，这些都像是梦里幻影、天方夜谭，可如今都一个个成为现实。韩老先生的生活琐碎也成了他文中的趣闻，办公室、对话、火炉、同事、家什……了解到他是“山药蛋派”作家，一个从边远地区调到省城太原的“小老头”，生活的磨炼促使他拿起笔，一步一步从教师走到山西省作家协会。我知道这个协会，在工区借调帮忙的时候，必经之路是五一路，协会就在五一路府东街十字路口东北角南华门，赵树理故居那里。就想着哪一天若能见着韩石山老师该是多么兴奋！若能指点一下我那稚嫩可笑的方块儿该是多么幸运！可是哪一个是呢？终也没有勇气去见。

20 世纪 90 年代，恰巧孩子上的育红幼儿园就在作协邻近的胡同里。那三年里，每每路过文协胡同，常忍不住侧身张望一眼，想想疏忽的文笔，又不禁伤感。回想第一次将自己的小诗《我的笔》发表在校报《建设者》上时，我像一只高高放飞、欢快的小小鸟，激动的心深深地感激老师和书的帮助，我热情的心开始了校报编辑和对各类活动的兴趣。偶尔望着那深深的胡同，心中揣着的文学梦惴惴不安，匆匆而过，心想韩石山老师大概还在这里写作吧，也许擦身而过却不识吧。

见一面韩石山老师的愿望随着我的文学梦渐行渐远，也随着年龄的增长而倍感遗憾。就在我自娱自乐、游离于生活与文学梦间的空当，一直喜爱的朗诵有了用武之地。闲暇时读一篇美文、一个小故事，也是一种艺术享受。读着伙伴们的作品，顺着他的思路游走，感受着他的酸甜苦辣咸，就像曾经的经历，品味着诗的芳香味道，不知不觉来到了最美四月天，来到这个“杏花无处避春愁，也傍野烟发”的诗意季节，跟着热情洋溢的文友来到北田员工培训基地。这里聚集了山西电力的一群文学爱好者，聆听应邀而来的文学名家的讲座，我也有幸遇见了仰慕已久的韩石山老先生！他哪里是他嘴里的“小老头”啊，70 开外的人，俊瘦高挑，满头黑发，身形健硕，精神着呐。

听着韩石山老先生《作家的身段》的讲座，贴切生活，风趣幽默，娓娓道来，中间休息都不想动窝。也特别欣赏他的观点，不仅要学会写文章，而

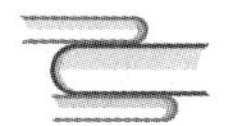

且要学会做人，用文字显示人格的一面。让我想起援藏同仁何文锋，不仅诗写得深沉细腻，心灵也美。夫妻俩发起的援藏志愿者活动，已惠及西藏几十名儿童。韩老先生讲，一个好的作家该放下身段的时候，你没有放下成不了大器。要放下身段，敢于自轻自贱，敢于自我调侃，这个做得最好的人是郁达夫。人是要有价值的，一定时期要端起身段。譬如，当官还是要像官，不然把自己等同于普通人，“妄自不是人君”，没有了官的作用。写作一是要和中央保持一致，二是写作总是要偏向于一种文体。听到“新手起步写时文，好的文章却是古文”“该动手时要动手，迈开步子学”时，我想起 1998 年的开春走进机关，第一篇小散文《蓝色星光》被登在《山西电力报》时，恨不得让每一个人都来分享我的喜悦，这也是从文学中得到的收获，虽少却真。他说一个作家要风趣机警会说话，幽默是真正的聪明。用最简单的方法破译复杂的事物，直出心意。这不就是我喜欢的方法么。2002 年，我的《成长中的读书乐趣》就是直抒情怀，可惜少了笔头的润色，也没有坚持写下去。

韩老先生阅历丰厚，思维敏捷，风趣豁达，性情中人，每日还和老伴儿、小孙儿一起背诵古诗词，阅读书籍，可敬可畏。想想自己掉落的梦想，加上懒于背诵动手，经常词不达意，汗颜。课堂上跟着他徜徉在优美的古诗词中，一句一句感受“一种风流吾最爱，六朝人物晚唐诗”（日僧），“钟陵醉别十余春，又见云英掌上身。我未成名君未嫁，可能俱是不如人”（罗隐）等诗词的迷人境界，就像美妙动听的音乐，绕梁三日不绝于耳。

从没有和名人合影的欲望，却主动和韩老合了个影。他推我向前，说，“女士优先”！文如其人，欲写好文先做人，让我更加敬佩老一辈作家的高尚品质。韩老也算是我的文学启蒙人，至今我还是喜欢他朴实无华的真实作品与评论，希望做到他那样敞开思路妙笔生辉。

人间最美是北田的春天，除了美景，更有盛世。特别感恩有了山西电力作协这个平台，让我了了心愿，走近了韩石山老先生，走近各位名作家；让我重拾旧笔，游走于文学的饕餮盛宴之中；我们的主场等我来，让我走近文学梦……

赵峥，女，笔名会飞的海豚。著有《阳光灿烂的日子》一书。高级政工师，国家二级心理咨询师。爱好文学、朗读（配音），1987 年《诗刊》社诗歌刊授学院第三期学员。

由“孤独”找到爱

刘海霞 | 国网临汾供电公司

总喜欢一个人在安静的地方走走，看远处的山、变幻的云。看一棵树立在田野，叶子被风摇醒，轻快又簌簌地轻语。走累了，就低头看路边一队蚂蚁，长长地绵延成一条蠕动的黑线，有些尽管行色匆匆，照面还不忘快乐地打声招呼；有几只联合起来拖动一粒粮食，时不时变换位置，以便更快地向目的地行进。走到土崖边，时常有小蜘蛛在旁逸斜出的酸枣枝上玩蹦极，嗖地落下又奋力地向上攀援。没有人潮聒噪，只有大自然的怡趣。

3 月初的一天，朋友通过微信发来消息：给你说个好事，咱们山西电力公司要成立职工文学创作协会了！现在吸收热爱文学的人，我已经给你报名了！这消息仿佛是一声春雷，在我庸常如水的日子里揭开了一角帷幕。之后，我被朋友拉进了电力文创群，立刻就融入一个新奇热闹的氛围，大家在群里发一些名家的文章，或是自己的练笔，相互交流，相互切磋。省公司工会的刘予胜主席邀请英大传媒刘克兴总监和各地电力文学大家进群，为每位文学爱好者提供学习平台。他特别关心大家的心声，几乎每条微信消息他都给予评论，还亲切地称呼我们“小朋友”。

4 月 7 日，两百多位爱好文学的朋友又在省公司培训基地——美丽的北田相聚，进行为期四天的创作培训和现场采风活动。可以说，这四天是有生以来最激动人心的四天，我始终处于澎湃的云端，每天都有一种从未体验过的新鲜气息纷至沓来。每天都有一种潮涌的力量激发我，冲撞我，推动我，让我打开封闭的触角感知文学的美好，并在这棵大树里吸吮着新鲜的甘露。

第二天晚上，朋友群里发来一个诗歌的练习题目："诗歌一如天堂，看上去就像一个悲凉的装置"，但也可能是快乐的，是虚无的，也许什么都不是。生活也是如此，重要的不一定要被放大，卑微的不一定会被无视。好诗一定有惊人的视野和容量。阿多尼斯最著名的诗是《我的孤独是一座花园》，我们就写《我的 ×× 如此辽阔》。要求：①扎根具象到扎疼为止；②神思抽象到神经为妙。拿到题目，我不由想到"孤独"一词，每每在热闹的场合，立于偏隅角落的总是我，习惯了波澜不惊的日子，习惯了默守的方寸天地。孤独，简直是轻松驾驭的生活态度。于是，我很快写下：

《我的孤独如此辽阔》

真想和蚂蚁聊聊一粒米
问问他们
怎样能快乐地驮起一座山
又能机智地绕过它的河流我的眼泪

蹲下来的时候
它们已经和战利品一起归巢
顾不上和我说话

众生如同蚂蚁
而我是谁

搁笔，没有平时练笔后轻松的感觉，反而有些茫然无措。这算不算一首诗呢？这只是潜藏在我内心深处最沉重的叩问！而在这样一个春天的季节，屋外天色晴好，阳光温柔，我在人前的笑脸下竟然还躲藏着这样一丝犹疑，不禁对自己有些愤愤然。挣扎徘徊了好久，终于鼓足勇气，把诗发给河北著名诗人蒲素平老师指导。老师很快回复了两个字：好诗。稍后又提出建议：最后两句可独立成一节。这之前我跟蒲老师没有一句正面的交谈，只是在饭桌上听他点评文友的作品而已。蒲老师当天晚上还要讲评诗歌组的作品，提前要做很多准备工作，对我的信息完全可以不予理睬，或是敷衍。得到蒲老师的鼓励，我感觉心底有一些温润升起，原来老师并没有拒人千里之外的清高啊。晚上的诗歌讲评会后，蒲老师欣然为我写下“诗意的生活”，这五个字将会是我今后生活的理念。

在报告厅听名家讲座，有两次恰好和山西诗人郝密雅老师坐在一起。密雅老师人如其名，娴雅端庄，总是带着温柔的笑意，有了蒲老师的鼓励作动力，我把电力题材的诗歌《影像》拿给密雅老师看，老师很仔细地读了，给我指出了语言问题，并予以恰当的纠正，还亲切地说：写得很好啊，而且你的散文比诗歌还好。当写出来“孤独”这首诗，我也发给密雅老师，她并没有给我回微信，而是在晚饭时亲自找到我，谈对这首诗歌的感觉。这点真让我吃惊，没有主动去找老师，是自己缺乏勇气不敢面对啊，还烦劳密雅老师亲自找我，不由在心里直喊愧疚。采风活动没有和密雅老师分到一条线路，很遗憾没有亲自道别。我想，应该是我们还会再相逢吧。

有好几次和北京电力作家冷冰老师同桌吃饭，聊天，老师一口京腔，直率而利落，刚开始满桌人诚惶诚恐，唯恐有什么言语不周。冷冰老师笑语盈盈，很亲切地和大家交谈，饭都要凉了还顾不上吃。当我把诗歌发给她看，她也鼓励我：非常好！有感觉，路子对。并给我推荐她喜欢的诗人余光中、北岛、艾青。在之后的采风活动中，和冷冰老师同走南线，并且很荣幸地分在一个组，快乐地交谈，合影，留下温馨的记忆。

还有《长篇小说选刊》《中华辞赋》的总编辑顾建平老师指点我平时要多读多写多体会，写作自然有进步自然能出彩。晋城检修公司的何文锋，更是在繁杂的事务中挤出时间很细致地帮我分析问题并帮助修改。

因为诗歌，因为热爱，短短的几天时间，身边好多老师好多朋友对我伸出热情的双手，说着鼓励支持的话，不知不觉间，我从起初羞于言辞到主动展示，内心的那层坚硬的壳被一股股暖流冲击着渐渐变得松软、开裂，细小的褶皱被一一熨平、舒展，并次第开放出喜悦的花。

春天的北田，空气里流动着淡淡的花香浓浓的爱。很欣赏运城作家吕廷杰在这期《盐湖文学》的卷首语：未知的春天才是春天！听到花开的声音的春天才是春天！站在春天里喊醒自己的春天才是春天！与你情感交织在一起的春天才是春天！我要站在春风里，喊醒曾经的孤独和迷茫，用崭新的视觉和心境走进属于自己的春天！

刘海霞，临汾市作协会员、山西省电力作家协会会员、中国现代诗人网协会会员。2011～2014 年担任《襄汾县电力工业志》副主编。有诗歌散文发表于《脊梁》《当代电力文化》《亮报》《山西日报》等报刊。

失眠只缘难忘你

武玉山 | 国网太原供电公司

我一向睡眠很好，虽达不到倒头就着的境界，但辗转反侧有，彻夜难眠无。从北田回来后，竟然失眠了，夜不能寐。寻其缘由，是因为一个人，胡翔老师，《长江文艺》总编辑。这次北田文学讲座，我的散文点评老师。

其实，参加这次山西电力文学盛宴我是有顾虑的。写了十八年新闻报道，当了二十多年企业小官。发表的几十万字通讯稿件，不值一提；当官忙得屁颠屁颠，无所作为。快 50 岁谋个闲职，有点时间写自己的东西。我这人兴趣广泛，打羽毛球，高山滑雪，户外徒步，自驾远行，各地旅游。体验、出行多了，就杂七杂八写一些游记、体会之类的东西。原本就是写着玩的。这次参会，让交作品，还要请专家点评，我有些顾虑。本是自娱自乐，拿出来让人家品头论足就有些丢人现眼。好在我这人脸皮厚，经历过打击。再说，头发也花白了，面对面点评老师哪能不留点面子？豁出去了。于是就上交作品，选了一篇题为《徒步朝台，那一抹挥之不去的记忆》请老师点评。在讲课时，专家老师说可以将游记归类为散文。散文是文学作品，原来一不留神自己写的是文学作品，偷乐好几天。

就《徒步朝台，那一抹挥之不去的记忆》这篇文章而言，不是我最满意的，平淡无味，纪实成分浓，缺乏思想内涵，几乎没有散文味道。但被会务组选出让专家老师点评，我觉得可能这篇文章体验的东西多，尤其又是写户外徒步，和小伙伴们写的清新小散文风格不同，能吸引眼球。让我没想到的是，那晚的专家点评，老师们认真负责的态度和敬业精神深深打动了我。

一排七八个专家，第一篇就点评我的文章。《长江文艺》总编辑胡翔老师作重点点评。在座的还有任林举、冷冰、张文睿、顾晓蕊、梁贵宝、张富遐等知名作家。我以为只是泛泛地说几句好听的，指出一两处不足，提几句鼓励的话而已。结果我错了，错得一塌糊涂。

胡老师的南方口音听起来有些困难，但十分亲切。令我感动的是，在被点评文章的末页和空白处，胡老师居然手写了大段点评文字，一针见血，字字珠玑。不仅如此，逐段逐句进行分析，精彩处，高声念出与大家分享；不足处，用重笔划出特意标明；有的地方直接做了删改，用新词替代。

胡老师不愧为大家，从每一位无论年龄大小的作者的字里行间，十分准确地判断出他的文字功底、阅读经历，以及人生观、价值观，包括哪方面还有欠缺。点评最后，依然还是手写推荐重点要读哪些名著、名篇。先惊讶，后敬佩，余下是满满的感动。

胡老师为我推荐了王安石的《游褒禅山记》和苏轼的《石钟山记》。下面这段话是胡老师写给我的：作者可读下王安石《游褒禅山记》，此游记也是以追忆的形式写作者辞官回家途中游褒禅山的过程，因事见理，夹叙夹议，闪烁着诸多思考的火花。“世之奇伟、瑰怪、非常之观，常在于险远”，已成为世人常用的名言。也可读苏轼的《石钟山记》，在这篇游记里，我们可感受到真正的洞察入微的魅力，指摹勾勒的传神之笔。

根据胡老师点评意见，“文章是可感可触的。此文可作纵深之挖掘，语言亦需调适，有弹力与张力，该节俭处，即留余味；该折进处，联想必有得。”我对《徒步朝台，那一抹挥之不去的记忆》进行了大幅改动。

在叙事顺序、故事轮廓不变的前提下，将原有五个小标题全部删掉，简化开头文字，更加精炼吸引人。将老师点评文中几处使用的“熟悉化、难出彩、无用大词”取代为更加贴切、准确、形象的词语。在“华北屋脊”段落处，老师点评“此处应有自然抒怀”，增加了“自然面前，究竟谁是主宰？人与自然，如何完美和谐？”在老师点评的“忽然间就会看到一整排一整排滚落的大石块，不知来自哪里？不知是何缘由？”处，修改为“忽然就看到一整排滚落的大石块，有排山倒海之势，不知来自何处？择一石休息，竟然小酣，只见这些巨型石块，化作一个个佛家弟子，在此列阵朝拜文殊菩萨。梦醒乍看，眼前石块，分明就是一尊尊石佛，阵容浩大，神态逼真，使人浮想联翩。于我而言，虽不是什么信徒，但诚实待人，积德行善一直是我所推崇。”使文章前后照应，有问有答。

原文中有这样一段话，“撒一把风马纸片，息灾去恶，增福开运，寄托希望，祈求美好。”老师建议改掉。于是我改成了“撒一把风马纸片，让它把我的寄托和思绪带走，越远越好。最好能托梦于我，把我的疑惑化解，释怀我心中的迷茫。”原文中还有“我们偶遇一只黑白相间的小狐狸，非常惹人喜爱。人们给它喂食，小家伙很可爱，毫不客气地叼住食物，在一旁悠闲享用。”修改成“路上，偶遇一只黑白相间的小狐狸，乖巧可爱。给它喂食，小家伙顽皮活泼，毫不客气叼住食物，悠闲享用。五台山的狐狸有灵性，懂得感恩，据说你只要喂它一次，下次朝台再经过这里时，仿佛心有灵犀，会在路边静静等候，用眼神和你交流，明亮眸子后面隐含太多期盼。这些出没于朝台路上的狐狸，或许是文殊菩萨又一个化身。”

文章结尾处原来是“我们用自己的双脚，行走 60 多公里，丈量了五台山的每一个台，挑战了自己，实现了徒步朝台的梦想，心灵也得到一次彻底的洗礼。”修改为“回望走过的五个台，早已隐在一望无际、连绵起伏的山峦之中。完成徒步朝台，我问自己，今后还能有什么事情难倒你吗？我自问自答，没有了。”

按照胡老师的点评改完文章，再读的时候，感觉像个散文了。失眠的毛病一下子就好了，睡得比任何时候都安稳、踏实、香甜。

谢谢胡翔老师！您的点评手稿我珍藏了！

武玉山，笔名，泥儿巴巴（泥虾），中国电力作家协会会员，太原市作家协会会员。多篇散文游记、摄影作品被国家级、省市等报刊采用。著有散文集《玉见山水》。

心里住着一个梦想

尉云辉｜国网临汾供电公司

“爸爸，可不可以不要走？”“孩子，爸爸是想去给你看看外面的天有多高，地有多宽，等着我回来……”听到这样一段父亲与孩子的对白，我的泪水瞬间夺眶而出，内心突然汹涌起深沉的感动，像是在风和日丽后瞬间淅淅沥沥的一场小雨，一点一点滴在了我的身上，潮湿着我的心灵。

陈冬雪，晋城供电公司的一名普通员工，讲述起他的援藏故事时，每一句话都是浅浅的、淡淡的，仿佛在讲一场平淡的出行。“在这次援藏中，我作为川藏联网工程的项目经理人，圆满完成了工程任务……”但是，再仔细回味一下他的话，却又有太多的不平淡，太多的不平凡。可以想象，肩挑着工程建设重任，在西藏那个高原反应强烈的地带，既要克服身体的不适，又要完成高强度的工作任务，其间还经历过尼泊尔大地震的波及，美丽的西藏是多少人心中梦寐以求的、日夜思念的旅游梦想，然而在援藏的日子里，他居然没有在美丽的西藏到处走走，日夜劳累的他只是机械地往返于工作与帮助他人之间，如何来度过这艰难的、困苦的、分不清白天与黑夜的 548 个日日夜夜啊，看着他那许是长久忍受高原反应而被折磨得黑红的皮肤，粗糙的双手，我不禁被他强大的内心深深打动，“这次援藏，我不负重托，不负此行……”仍旧是平淡的语气，平淡的语速、平淡的节奏，仍旧是朴实的脸庞，透过他熠熠闪光的眼睛，我看到了一个秘密、一个美丽的秘密、一个内心深藏的秘密。我想悄悄地对你说：他的心里住着一个梦想、一个美丽的阳光梦想、能够照亮别人的阳光梦想……

“他的头发都白了，该是有多大年纪啊？”第一次遇到何文锋老师时，我的心里就直打起了问号，因为听说过他的故事，知道他的年龄并不大，可是在北田文学交流的这次会上，我才把何文锋这个名字与面前的这位头发苍白的老师“对号入座”“晚上开完讨论会了，帮忙写写材料吧。”有幸被邀请参与到会议改稿交流群里，深感荣幸，当凌晨一点交上材料时，何老师仍然活跃在群里“一定要及时交稿，小伙伴们辛苦了！”他总是忘却自己的辛苦，鼓励大家，帮助大家，他的声音也总是保持缓缓的语速，稳稳地认真地一项一项交代清楚任务，而又一次一次地圆满完成任务。他的爱心、诚心、热心处处体现，除了是一名热情负责的会议小组长，他还是一位有名的“援藏人”。到晋城供电公司时，看到了他与西藏孩子们的合影，兴奋的孩子们把他团团围住，亲热地或搂着他、或抱着他、或靠着他。孩子都有一颗纯真的心，生疏的不喜欢的人，他（她）们是绝对不会亲近的，可见孩子们是多么喜欢他啊，而他则保持一种何时都一样的淡定姿势，淡淡的微笑、亲切的眼神却始终流淌其中。在他的镜框背后，透过他那双执着温暖的眼睛，我看到了一个秘密、一个美丽的秘密、一个内心深藏的秘密。我想悄悄地对你说：他的心里住着一个梦想、一个美丽的助人梦想、能够温暖别人的美丽梦想……

“我们设计的这个工具，可以有效地防治鸟儿危害我们的电力设施……”在晋城供电公司的创新工作室里，一位阳光朝气的年轻人正在为大家演示他们的设计产品——滚动式防鸟刺、摩天轮式防鸟刺等一系列装置，PPT 图像里，一只大鸟正从天空中飞来，准备栖落到一基电力铁塔的顶端，然而让它没有想到的是，滚动式防鸟刺装置一遇到它的爪子便飞快地旋转起来，它所停在的那里居然无法落脚，大鸟终于伤心地飞走了。看完这个短片，在场的人们哈哈大笑。“这个装置真是好啊，有效地防止了因鸟类长期栖落造成对电力设施的损害！”他叫雷达，晋城供电公司输电运检班的一名成员，一个雷人的名字，还有一个个雷人的想法。“我们还研究了一个成果，叫《铁塔地脚螺栓丝扣修复器》，大家请看……”只见PPT的视频里，与老式的拆卸方法进行了比较，几位电力工人凭借这款修复器，轻松地拆卸掉了倾斜铁塔的地脚螺栓。“我们的小研究、小应用也是创新，这些创新不但成本低，操作方便，还能解决生产一线中遇到的困难与问题，下一步，我们还要研究……”一说到他的小工具，他便滔滔不绝起来。透过他那双闪亮、明亮的眼睛，我看到了一个秘密、一个美丽的秘密、一个内心深藏的秘密。我想悄悄地对你说：他的心里住着一个梦想、一个美丽的创新梦想、能够启发别人的闪光梦想……

高佳明22岁在晋城成立义工协会，赵登峰是长跑协会副会长，创新“永动机”陈文刚……他们的心里都住着一个个梦想，他们的眼睛，会告诉我们一个秘密，那是，关于一个梦想的秘密……

尉云辉，笔名乐云，山西省电力行业协会会员。

网络文学之我见

王大豪 | 国网晋城供电公司

本来此次北田之行的大名单里是没有我的，不知怎的我这半个网络写手的身份暴露，故而有了这增长见识、开阔眼界的机会。为什么叫半个网络写手？盖因曾在纵横中文网、17K 等网站的文海中折腾过几天，最终被网站那商业味道极浓的规则拍死在了沙滩上，只得找一清静论坛，断断续续更新章节聊以为慰，未曾得见一毛钱稿酬，所以只算得半个网络写手。

动笔之前，犹豫再三，是否真要以此为题做一文章？自己的一点浅见居然与各位前辈大师相右，仅是一想便觉诚惶诚恐，只是诸多念头盘旋脑海之中，挥之不去，不吐不快，后又想到萧立军老师刚直的文人风骨，竟给了我这乳臭未干的小子一股直抒胸臆的力量。

大二之前，网络文学还未兴起，抑或是已经兴起我却后知后觉，撇开这些细节不谈，彼时的我也是个热爱文学的大好青年，对于书籍，每逢外出总有斩获，少则一本，多则三五本，访谈、传记、回忆录、小说等不一而足，范围甚广，也不自量力地动手书写，从高三时的三四千字直到后来的上万字，未曾发表，只为自娱自乐。

若仅是平淡如水的一成不变，想来也是极好的。可惜事不遂人愿，有个叫网络文学的东西不知在哪一天横插了一脚进来，网络文学就像个野孩子，无人约束，信马由缰，任性妄为，胆大包天，让我这读经典长大的乖孩子顿时产生了无穷的好奇心。原来，书还可以写成这样？于是我就这样一头扎了进去，直到现在，我已记不清上次买书是在哪年。

唠唠叨叨这么多，无非是想说，我只是芸芸众生中最普通的一个，而我的情况在青年群体中却绝对不是只此一家。据我所知，网络文学的兴起，受其影响最深的是接受新鲜事物最快的年轻人，在现在的年轻群体中，但凡还保有阅读习惯的，读网文的数量绝对超过读经典的，而网文的质量却又在诞生之日起就饱受诟病，海量粗制滥造的低俗作品正充斥在网文的队伍中大行其道，对读者产生难以估量的影响。但网文中也不乏精品，只是未曾达到传统文学达到的那种高度和深度。

就网络文学的现状，我请教了萧立军老师，萧老师给出的答复很长，总结起来就是：网络带来便利，便利使人浮躁，浮躁难出佳作。对于这一点我是深刻认同的。

随后又有前辈私下与我交流，出于关爱之心劝我远离网络文学，言说文人应有以文警醒世人的责任与担当。对于这一点我也是深刻认同的。

两个深刻认同之余，心中又有些莫名的伤感，似是看到了网文这个野孩子正无助地茫然四顾，正艳羡地看着传统文学这乖孩子在大人的精心呵护下茁壮成长。野百合也有春天，那野孩子呢？是不是就合该眼看着他嬉笑、打闹、癫狂、自生自灭？

况且，这野孩子还不是一个人在战斗，他的身后有一个数量恐怖的青年阅读群体，这些青年终有一天会成为中年、老年，或许随着年龄的增长、阅历的丰富，这些青年会自然地排斥低俗，但仅仅是或许，这样一想，还能任由这野孩子瞎胡闹么？

既然如此，何不将这野孩子接纳，加以引导，即便不能去其劣性，也可种植善念于其心中。这善念如何种？不若抛弃成见，亲历网文之海，成天择之作，弄思想之潮，结善念之果。

王大豪，男，国网山西省电力公司职工文学创作爱好者协会会员。

特高压，穿过大半个中国去读你

乔琳会 | 国网临汾供电公司

已是四月了，这里的夜仍有些凉。

这里是晋北的应县，城西北佛宫寺内的木塔在夜色里静默，八角塔下几只浸染岁月风尘的铃铛，轻轻讲起辽清宁年间的那些往事。

这里是晋北的应县，城西南那排银色的特高压网架也静默着。它们矗立在苍穹之下，宛若一只塔，翘首远望那素有历史典藏之称的“坐标”式木塔，它勇敢地谈起自己的来历和使命。

这是草长莺飞的季节，这是寂静空旷的原野，这是蒙西－天津1000千伏变电站的工程现场。从蒙西到天津，在内蒙古的大草原上开始，从“风吹草低见牛羊”的瑟瑟北风中走来，途经山西，途经河北，从黄土高坡上经过，听罢一曲《走西口》，含上一把土酸枣，翻过黄河的低吟，到达天津，到达塘沽，到达每一条街，到达每一个夜晚，到达每一张脸。

特高压，从晋东南到荆门，从向家坝到上海，从溪洛渡到浙西，从锦屏到苏南……每一条都携着美丽的名字而来，每一条都载着当地的温度而来，每一条都怀揣着远方的梦想而来。像一个人拉着另一个人的手，从这里到那里；像一个地名嫁给了别一个地名，一生就在一起了；

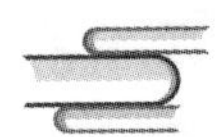

像一个踌躇满志的青年，从这里的春天出发，一路上经过河谷、沟壑、湖泊、平原、田野、风沙、溪流，到达时便遇上平生的第一场雪，他便懂得了这关乎远方的浓浓诗意。

翻开一张特高压在运交直流工程的示意图，简单的线条，自南到北，从西到东，由横到纵，它们途经了大半个中国的大好河山，见识了每一个城市的不同性格，也渐渐习惯了这其中的细微与差异。从哈密南到郑州，从新疆、从哈密，从地广人稀里走来了一抹绿色，它是目前世界上输电路径最长的特高压直流输电工程，全长 2191 公里。它穿越丝绸之路，瞻仰着天山的山脉，捡拾起那一阵阵遗落在戈壁大漠上的驼铃声声。它静静地来，洋溢着风车的欢畅，流淌着阳光的炙热，散发着每一块煤的激情。它静静地来，没有一路上赶点的火车或是汽车的鸣叫声，没有汉子们抡起工具装卸时的吆喝声，也没有两种金属相遇时那种生分的刺啦声，如果你细心地倾听，会听到它们在轻吟，轻吟某个傍晚某个小巷里传来的孩子们跳起马兰花时唱起的歌。

在这些城市里曾经流传着这样的记忆，一边是负荷告急，路灯开一只，闭一只，关闭霓虹灯，关闭发动机，关闭一个城市另一半的皎洁；一边是能源富余，叶片缓缓停下来，风车慢慢停下来，煤在传送带上喘息，阳光的手指只到达蓝色晶体。特高压就在这个时候走来了，它矗立在大地之上，轻轻划下这样那样的线条，连接两个地名，连接两种期盼，连接一种如水样叮咚作响的轻盈。从晋东南到荆门，水流不再沉寂，整个夏天都在狂奔，敲打叶片，敲打时光，敲打幸福的脸颊，这欢欣就在特高压的血脉里流淌、流淌。从溪洛渡到浙西，特高压载着金沙江的奔腾，载着风车叶片的爽朗而来，它们绘下一条河水的心情，记下一场大风的性格，它们记录瞬间，记录数字，也记录着一个穿过大半个中国才说好的约定。

这是一朵小花的季节，这是一株绿草的原野，这是蒙西 – 天津 1000 千伏变电站的工程现场。在这里，每一块金属都矗立，它们在月光里发着冷峻的光，挺立成塔；在这里，每一块金属都平躺，它们在排列与矩阵中温柔对视，深情拥抱。在这样钢铁般的森林里走着，你会暂时忘掉自己，忘掉初来时刻在心里的每一个字，因为你分明看到了每一块角铁或是螺丝的光芒，你分明听到它们彼此简单却充满韵律的交谈，你更会铭记下许多的双手，是他们将这里握成温暖，握成巍峨，握成一段段平淡却回味无穷的生命。

这是有生命的地方，你听得特高压均匀的呼吸，听到大风呼啸里传来坚定的脚步声，你听到长夏里某只昆虫孤寂的弹唱，听到一只小狗在工地上亲昵地打滚，你听到一群年轻人敲打夜幕的声音，听到他们在创新的路上争辩的面红耳赤，你听到了某封悠长的情书，也听到了一抹遥远的乡愁，你或许还听到了某一个来自睡梦的笑声……

特高压，一个有生命的地方。无论哪个数字都写满故事，无论哪张图纸都拓下指纹，无论哪个清晨都画下黎明，无论哪片原野都吹起风声，无论哪个名字都胸怀梦想……

特高压，穿过大半个中国去读你，读你千里万里也不会疲惫，读你千遍万遍亦不会厌倦。读你，在千里之外，读你，在我的心里，读你，在远方之远……

乔琳会，笔名乔乔，山西省霍州市人。喜欢读诗，更努力写诗，作品曾在《国家电网报》《脊梁》《山西电力报》《临汾日报》上刊载。

特高压工地的年轻人

陈海青 | 国网忻州供电公司

终于有机会走近正在建设的晋北特高压变电站，一睹特高压建设的风采。先进的站内设施，高耸入云的龙门架和铁塔，严谨细致的管理，一切一切都让我大开眼界。感叹之余，站里的年轻人吸引了我的目光。

这些眼神清澈、笑容明媚的男孩女孩，看起来大都是“90 后”的样子。虽然罩在宽松的灰色工作服里，依然掩盖不住他们浑身散发着的青春气息。

走进站里的劳模工作室和职工书屋，更是一种年轻人的气质扑面而来。没有古板拘谨的传统工作室模式，满满的洋溢着热爱工作生活的小情趣。

绿蓬蓬的龙须树上不知被谁装点了展翅的蝴蝶，书柜一角垂下来的吊兰将勃勃生机的绿色和四溢的书香相映成趣。照片墙上，一个个自拍的笑脸、各种搞怪的表情生动有趣。驻足在“心愿墙边”观看，马上被这群年轻人直白幽默的各种愿望逗乐了。

“就想好好睡一天。”

“我要瘦成一道闪电！”

“带着爸妈去旅行。”

“我要和谁生猴子。”

……

一个个可爱又接地气的小愿望，透过一张张粉粉的心愿卡片，仿佛让我看到了他们那些虽然很在意却又很放得开的小心事。

是啊，青春是资本，年轻最无价！一切都来得及，一切都有可能。所以年轻人的那股子好奇心和闯劲儿也成了带给我们企业的一大笔宝贵财富。听站里的负责人讲，在工程建设过程中，好些创新成果都出自这些年轻人。他们通过互联网的便利途径，利用自身的专业知识和钻研精神，结合老师傅们的宝贵工作经验改良技术、精进工艺，为特高压变电站的建设出谋划策，想了不少的好点子。

夜幕轻垂，已经到了晚饭时间。走进工地食堂，又看到这群年轻人嘻嘻哈哈地钻进厨房忙碌。有的帮着厨师打下手，有的忙着帮我们端菜端饭，一副工地小主人的样子。

当问及身边一个姑娘是否吃过晚饭时，姑娘笑嘻嘻地告诉我：“饿极了，就匆忙扒拉了几口饭过来。”

末了又补充了句“没事儿，房间里有零食，先招呼好大家，一会儿再去充能量。”说完调皮地吐了吐舌头。我问她：“你不需要瘦成闪电吗？”她听了马上心领神会，哈哈大笑。

愉快而短暂的特高压之行结束了。在返程的路上，我依然在回味那些让人愉悦的青春味道。同时提醒自己保持蓬勃的朝气，让青春停留得久一些，更久一些。

陈海青，笔名木樨园主，国网山西省电力公司职工文学爱好者协会会员。

感 恩 有 你

秦学敏 | 国网山西送变电公司

好久没有像现在这样，夜深人静的时候静下来写点东西了。忙于工作，太多的浮躁，越来越缺少冷静的思考。距离北田培训已经过去了一段时间，在这段时间里，看到群里热闹非凡，大家或是吟诗作赋，或是畅谈培训感悟，或是修改完善自己的文章……太多优秀的人物，想想自己可以写点什么呢，我没有出彩的作品、没有傲人的文采、没有诗人的意境、更没有辽阔的胸怀……

是的，我只是一个普普通通、在最平凡岗位上的送电女工，更多的是面对施工困难，面对那群可爱、可敬的送电工，用自己的笔触，用最朴实的语言，书写平凡岗位上他们的故事。

山西电力文学创作协会成立，“中国电力作家走进山西电力”采风，“为职工书写、为电网放歌”，太多的知名作家，太多的牛人，想都不敢想自己可以如此近距离地在他们身旁倾听写作技巧、文章构思、做人做事的道理，他们丰富的知识储备，已然把我震慑！那段时间，躺在床上，很累，但却怎么也睡不着，闭着眼睛想让自己静下来，可是大脑却不听使唤地高速运转、思绪混乱、天马行空，就像被施肥过多的小草，浑身在燃烧。

龙　翔　天　地

采风活动开始了，相比在报告厅听取讲座，坐在车厢里，行走在各个地方，让我离大咖们更近了。一直很崇拜张一龙，因为身在送变电，跟着李玉团队，还没有见到李玉的时候，我读的第一篇文章就是他写的《青春献给特高压——记全国青年岗位能手李玉》，从他的文章中我认识到李总是一个怎样的一个人，特高压工程有多艰辛。“特高压，国之大电网，龙之心血脉”“他把汗水融入新天地，他把青春放飞特高压”，他的文字让我感受到作者那博大的胸怀。

培训让我终于见到了真人，第一次见是在电力大厦的餐桌上，心里有一肚子话说，他会专注地看着我，很认真地倾听。被倾听是一种极大的尊重，更别说被自己的偶像倾听了，激动、感激之情溢于言表。采风过程中，他总是细心周到地照顾每一个人，还有他那让我不能忘却的笑脸。走近他的身边，聊特高压、聊工作、聊写作，面对像我这样的小朋友，他将自己的工作、写作经验与我分享。我说我没有看过放线，他说：“要看立马就去看，现在工作 3 年还来得及，等到 5 年 10 年还不懂，那可就糟了。”是他让我坚定，我要去工地看放线，燃起对工作的热情。于是就在昨天下午，我毅然决然地前往施工现场，哪怕到了那里，房间里一片漆黑，哪怕用冰冷的水浇脸，哪怕没有床单被褥，我也可以接受，因为我清楚地听见心里有一个声音，在敲打我的心，“我要看到施工的每一个过程，才不愧是一个送电工人。我不要虚构，我要写出真实的故事，我要写出自己想要表达的东西。”谢谢张一龙，给我以勇气！

玉 山 屹 立

在采风的过程中，我慢慢走到武玉山的身边。他很随和地聊起写作，对于刚学习的我，说实话，听了专家的讲解，我真的不会写了。小说、诗歌、散文、报告文学……各种形式、各种手法，看看自己之前写的文章根本什么都不是。武玉山讲起他以前写游记的时候，去了什么地方，有什么感想，一点一点地记录下来，就当是攻略也可以给别人参考，就是这样简单的记录，慢慢就变得不简单，但前提是你要迈出那一步，只有走出去，才能看到不一样的风景；只有走出去，才会写出自己最真实的感受。要始终保持一颗热爱生活、热爱工作、感恩企业、感恩社会的心。

这期间看了大家写的很多关于北田的文章，更好好看了武玉山写的《失眠只缘难忘你》，真正是说的大实话、真心话。改稿会上，他写道“我以为只是泛泛地说几句好听的，指出一两处不足，提几句鼓励的话而已，结果我错了，错得一塌糊涂”，改稿会我们看到了作家们的态度。他们是来度化我们的，让我们对文学有更加虔诚的信仰，不是糊弄，不是虚假。谢谢武玉山，给我以信仰！

倩 影 相 随

在作家们讲课的时候，总能看到好多身影，他们在讲台旁、在走道间、或站、或蹲，他们手持相机，是他们为我们留下了难以忘怀的影像。跟随着中部组一行到了晋中特高压变电站、晋中供电、五一路道路改造现场、太供经研院，他和她总是冲在大家前头，一脸严肃“咔嚓，咔嚓……”在车上没事闲聊，他们分别是阳泉供电的王亚鹏和来自山东淄博的王凌云，聊起工

作，凌姐问“谁调配你呀”，鹏哥说：“没人调配，纯是因为自己喜欢，想要为大家留下影像。”会场上酷酷的他们，闲谈下来，却是那么可爱。凌姐嘴边有个梨涡，看到好的照片，梨涡就不由自主地深陷；王亚鹏负责阳泉电力摄影，谈起照片、谈起构图、谈起北田的玉兰花、谈起那浪漫的樱花雨，对于美的欣赏他俩说得头头是道。拿起相机的那一刻，他们就在记录着别人的故事。谢谢你们，让我更爱这多彩的生活。

作家向世人赤裸着自己的灵魂，文学、文人在北田相聚，让我看到了“文如其人”的他们，使我沉下心来沉淀自己。感谢大作家们为我们准备的文学盛宴，感谢刘予胜主席的用心良苦，是您让山西电力的文学爱好者达到“不待扬鞭自奋蹄”的写作氛围，真正通过每一个人的眼和心去“为职工书写，为电网放歌”。

秦学敏，笔名勤学，国网山西省电力公司职工文学创作爱好者协会会员。

第二辑

诗歌

北　田　印　象

冷　冰 | 国网北京电力

一

雄厚的黄背景
铺展上绿，青草和树芽的绿
嫩绿、浅绿、淡绿
涂抹上红，杏花和桃花的红
粉红、浅红、深红
点缀上白，梨花和玉兰的白
青白、洁白、纯白
春天的土地盛产颜色
金色的，浸透了荡漾着的阳光

二

如果我们相识
给一些真诚就好

它会养育善良与尊严
如果我们说话
说一些家常就好
它会滋润亲情与平安

如果我们同行
能相伴就好
它会温暖自由的空间

我们，我们
一个词，都这样说时
就在一起了

三

一条线路，一支队伍，一种形象
跨越沟壑的姿态像河流
绕过村庄的依恋
穿越山峦的阻隔
自然，随性，与自己特高压的名字似乎不符
作为支撑生活的一种骨骼
在中国山西，它茁壮又坚定
和工地上的兄弟拥抱、握手
感觉像拥抱角铁
坚硬，但握住就暖了

四

往事遗散于时间的褶皱
春天的花，雨后的芽挣开裂缝
灵光一闪而过
巩固高原的记忆细节

塬是我最高的去处
但我无法望见昨天的你
沟壑如绝望的谷底
我却能听见你来自远方的话语

高原的背景
怎样的命运都无法抚平
我愿意那些褶皱里的事物
安静，不悲伤，不用譬喻也光明

五

泥土的高度不是只看耸立的山峦
沟壑的深度更显大地的朴厚内涵

深沟浅壑，窄地片塬
谁的心貌如此坎坷却又坦荡苍然

走近了，细细看

沟壑深处的花开得奔放灿烂

建　设　者

冷　冰 | 国网北京电力

喜欢建设这个词
它让我有创造的冲动
用砖瓦垒砌一幢房子
用最快的速度架一条线路
把一截一截角铁组成高高的杆塔
或者，仅仅写一段文字过滤忧伤
建设—成长—收获—再建设
一个普通人的生活源自这样的轮回
我珍惜其中的汗水晶莹
与泪水的饱满
就像我清楚生活中的幸福与遗憾
当一颗螺丝钉被拧紧
光的温暖拥抱我的时刻
当一个个汉字在纸上生根
心里滋生起脉脉温情
我庆幸自己

是懂得建设这个词含义的人
简单而干净地活着
但胸怀光明与澎湃
如同，一条正在运行的电力高压线

冷冰，北京市作家协会会员、中国电力作家协会会员、中华诗词学会会员、中国散文学会会员、北京市杂文学会会员。

心　系　高　原

富　遐 | 湖南资兴市东江水电厂

那么高　高过蓝天的想象
那么远　远在想象之外
那么亲　一见如故人

光伏发电站
像我人生的一个驿站
不经意呈现在眼前
仿佛千军万马在奔腾
夹裹着猎猎风沙
在电力疆场驰骋

1000 千伏变电站
在阳光下熠熠生辉
折射着电力人忙碌身影
像一群不屈的峰峦
高挺着坚硬的脊背

他们同在一片黄土高原
他们扎根同一块盐碱地
他们以千变应万变
呈现同一片光明　温暖人间

让我用心贴近你
冰凉的身躯
让我用耳倾听你
沸腾的血液在血管里流动
让我用一双书写文字的手
抒发对你们微不足道的敬意

走榆次　过雁门关
只为走到你的面前
你们就是我的亲人啊
散落在大地的每个角落

或许没有人能够感知
你们在高原劳作的艰辛
或许没有鲜花和掌声
慰劳你们疲惫的双眼
但高原的风　大漠的云
春天的野草　高原的花
为你们奉献光影和歌声

离开时　一弯新月
凄清地挂在天边
像我离别时的心情
每每在黑夜里穿行
在寒夜里温暖
就像有根鱼刺卡在喉咙
此去经年　随季节隐隐作痛

空中银线桥

富　遐｜湖南资兴市东江某电厂

走过碧蓝湖岸
穿越晋北高原
雁门关外　荒无人烟
土地还不曾苏醒
在北方的早春里沉睡
积蓄一年里仅舒展
百余天的能量
只为更灿烂地绽放

我像一位不速之客
惊扰了高原上乍暖还寒的梦境
我的潮湿无法滋润你的荒漠
我的诉说无法唤醒
你冰冷的身躯

但我看见了

看见了高原上的脊梁
看见了特高压群像
看到了高原上的劳模代表魏永刚
他们曾经那么遥远
而今就在身旁

我像仰望蓝天那样
仰望直入云端的塔尖
我像凝视亲人一样
凝视他们朴实
而饱经风霜的脸庞

身旁的风对我低语：
一群电力人走来
这高原不再寂寞

脚下的盐碱地对我私语：
一群电力人走来
大地不再荒芜

他们是一群年轻姑娘小伙
却能将特高压变压器
装扮得如此俊美
鲁班奖当之无愧

空中高低不一的铮铮铁骨
站立成 1000 千伏变电站
我牵引的双手抱不住
他们其中的一根铁柱

但他们把根基深植盐碱地
他们的手臂在空中相互致意
用银线架起的空中桥梁
把爱和光明播撒神州大地

可我多希望
这也是一座鹊桥啊
让年轻姑娘小伙
能够在百忙之中
通过银线传递爱恋

但我深信
空中银线桥是光明的使者
在黄土高原站立成
一个个神话和传奇
空中银线桥就是灯塔
引领一群又一群电力人
向前去　向前去……

张富遐，中国作家协会会员，中国电力作家协会会员，中国诗歌学会会员，郴州市作家协会副主席。曾出版诗歌《回眸花香》《天地之间》《富遐短诗选》（中英对照）和散文《风在行走》。

我与春天一起到达

夏　雨 | 国电投清河发电公司

我与春天一起到达

我与春天一起到达北田
缤纷的春天
带来轮回的温情：紫、粉、红、绿、黄……
这些温情，有时隔着薄雾
有时直接跳入我的眼帘
蝴蝶一样，不知疲倦地扇动欢喜的翅膀
我也欢喜
我费了很大的力气才从冬天抽身
剥离了灰白、冰冷
剥离了爱情、悲伤
剥离了困惑、欲望……
让陡然增加的温情穿透时光
让我的欢喜

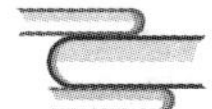

贴近树梢、草尖、摇晃的波浪……
我甚至听到了那些温情在流动
在歌唱
那些冲动的温情，来自腐叶之下
或枯枝之上
它们建立起时光的庞大与高贵
把我和北田
一起送入怡人的画卷……
我是这画卷里富泽的国王
安静，孤独，喜欢听一种声音
为此，我付出了孤独，安静
还有一世的爱与忧伤……

北田的声音

春天之前，那些声音就有了
在北田，它们的磁性
或穿越了空气，或被话筒所独占
那应该是铁制的话筒，也有可能是
花瓣的杰作，更有可能
跟柳笛攀上了亲戚

那么多有心人，来到这里
聆听它们的真谛
它们或急或缓

谈论修辞、语法，小说、戏剧
谈论时间、爱情，欢乐、福祉
此时的声音，削弱了懵懂、混沌的部分

“人情练达即文章，其实是在说如何做人的道理……”
“春风浩荡，我在这里浸润着露珠……”
但更多的人，其实都是一个人
太多的声音，其实也是一种声音
浓密的春光
藏不住太多的人生与理想

你可以说触之柔软，但你不能打碎
时光珍藏的瓷器
这瓷器多么像金黄的果实
但这果实是我的
而浑圆和甜润是你的
那些声音，在清晰地描述时光的细节

人生与文学能否拆开？
中间置入的部分
是否就是我们在俗世摆明的态度与立场？
而这态度，正如那些声音
穿越 2016 年的春天，来到了北田
并终将在远方的微光中，日趋明朗……

特高压之美

跟春天一起来的
还有我的愿望
去山西，去晋中
在那里，有一座
建设中的特高压变电站
它独立旷野
钢筋林立的厂房
凝聚着电建工人的汗水
缓慢起吊的电建设备
镌刻着背井离乡的青春
那里的春天
被风吹得越来越近
那里的理想
将在更远的远方闪烁光芒
为此我将唱一首抒情的歌
我将在歌声中
穿插进你的独白
为那些日夜涌动的波澜
留下永恒的赞美

姐 妹 的 剪 纸

这些玲珑的事物
被剪刀还原了灵魂
利刃，还拼接了一颗滚烫的心
不，是两颗
一颗是姐姐白云碧水长相伴
一颗是妹妹蓝天绿地永相随

星光之下，灯火之上
那些柔美的力量
在比晋中大地大得多的地方闪烁着光芒
多少时日精心熬过，多少光阴指向内心
多少饱含香气的消息远道而来
多少喜悦充溢着电力人的胸膛

如果我写下颂词：
优秀典范，完美技艺
走近，倾听，欣赏……
万物如此迷人
一次又一次
醉倒在美与仰望的春光里

夏雨，中国作家协会会员，中国电力作家协会会员。

从榆次到朔州

林　平 | 国网信阳供电公司

从榆次到朔州
擦过太原城的边
擦过嫩绿色的春风的边
擦过一座座山头一个个鸟巢的边
北进，北进
穿过雁门关
直抵敌人达不到的晋北

一棵棵树木直立着
多像八十多年前坚挺的脊梁
大地沟壑纵横
山峰壁立陡峭
来犯之敌怎不被打败灭亡

我是在四月里行进
在一声声鸟鸣中行进

在天南地北的目光之河中行进
树木急剧倒后
历史急剧隐去
一座座崭新的铁塔急剧远去
唯有此心在蓝天下上升，飞翔

这是我梦中的三晋大地啊
是我北望了无数个日夜的黄土高坡
庄稼在努力生长
大雁陆续赶回故乡
我多想找一个人倾诉澎湃的心情
细寻时，又波平浪静
从榆次到朔州
时光在飞
春风在飞
歌声在飞
目光在飞
高高的输电线路在飞
我的心紧贴低低的尘埃
在晋北大地上
疾速地飞

聚　散　北　田

林　平 | 国网信阳供电公司

我不说期盼了五百年
我不说时间太短暂
四月的风收藏了我们的絮语
聚散都在北田

我不说那朵红裙
也不说那袭绿衫
雁门关映现了我匆匆的身影
聚散都在北田

想说的话一直没说
想唱的歌一直没唱
一片片雪白的花瓣飘落眼前
聚散都在北田

我独自跑到门外

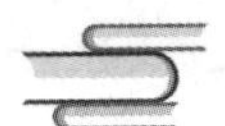

笑语萦绕于脑海

远去的车，请载上我的挥手

聚散都在北田

林平，河南省光山县人。中国电力作家协会会员，河南省作家协会会员。在《人民日报》《光明日报》《诗刊》《中国作家》等100多家报刊发表各类文学作品300余万字，多次获全国性诗歌、散文、小说大赛奖。出版散文集《菱角米，葵子仁》、诗集《月亮河》《我这样爱你》《幸福路上》。著有长篇小说《逃离北京》《伤城》《立地成塔》《红房子》。

抵近北田的春天

王绮城 | 英大传媒集团

北田，把众多的花树
揽在怀里，在田野上，孕育一个春天
我来的时候，正是四月，这里
繁花似锦，花瓣压低了叶片
站在枝头
宣告一个姹紫嫣红的主张
太阳真好啊，窗内窗外洋溢着暖意
让人们的心思，也温柔起来
目光投出去，就不想收回来
如同把渔网交付阔大的水域
任色彩缤纷的鱼儿活蹦乱跳
那些奔突的力道
感染了集聚的人群和林立的笔
让固守在心中的
坚硬了一个冬季的句子，身躯扭动
泛起潋滟的春光

当春天抵近我们的时候
我们也抵近春天
一些深沉的拥抱，就此落成
来时什么样，这里就将是什么样
来了，就走不出去了
这里花影曼妙，春色正浓
我们留下身体和心的一部分
在这春天里
继续生长

王绮城，中国电力作家协会会员，现供职于英大传媒集团。

北　田　之　春

吉建芳 | 国网陕西电力

绿绿垂柳　蓝蓝天空
微微吹暖风
桃李花开平原上
北田的春天
啊　北田的春天已来临
亲亲不知你要来北田
不知你要来北田
春风又给咱带来春讯
送来美好和温情
北田啊北田
难忘的北田
何时能回你怀中

严冬已终　春到晋中
万物正苏醒
嫩芽布满落叶松
北田的春天

啊　北田的春天已来临
虽然我们已情愫暗生
但却尚未吐露真情
离别一日如隔三秋
我与卿卿可心通
北田啊北田
难舍的北田
何时再回你怀中

丁香幽幽　月儿明明
花园屋里静
楼道没有了人影
北田的春天
啊　北田的春天已来临
谁说梦话惊醒我梦
谁的呼噜将我吵醒
可曾迷糊中去敲门
站在门外心里怂
北田啊　北田
难离的北田
何时又回你怀中

吉建芳，女，研究生学历，新闻主任编辑，中国作家协会会员，中国新闻漫画研究会理事，中国电力作家协会会员，中国散文学会会员，国务院新闻办公室图片库等网站的签约漫画师、摄影师，出版散文集《游走，在新闻和文学之间》《非新闻》《本命年》《没有谁刀枪不入》等，作品曾获中国新闻奖、冰心散文奖，《华商报》副刊签约专栏作家。

北田的意义

李　勋 | 国网武汉供电公司

春醒时分

那个早晨　当迷人的风光
还挂在枝头　把桃花叫醒

在北田　我就开始以一个诗人的常态
去抓捧这一站的甘露春风
原谅我省略了
旅途接站部分的韵律

我知道这一次的使命
是把三晋大地文学创意与结构
以一朵兰花的名义
一瓣瓣散落在迎春的香梦里

我们以淳朴泥土的深情
滋养芬芳的花丛
北田走进一串串雨中丁香的诗行

北田用文学编程方式
将一个个起承转合的节奏打包
老师们语意生动审视的目光
把一些关于诗歌小说和散文的事物
统统揉捏划割进一块块责任的地亩里

我每一次走过芬芳谷米飘香的长廊
看到那个南墙头院落不眠的灯光
把星星点亮
投射四月枝繁叶茂的梦中

春醒时分　那一钩悬在树梢
或走近窗棂古铜色的月亮
变得更加美丽年轻了
那些花朵里藏着诗意的人们
不再等待秋天的童话
他们一次次像弯腰的柳条儿
开始准备春天之外诗意的收割了

晋 北 以 北

一条弯弯曲曲的村落弧线
在塞上高原
舞动连片的阔叶丛林

那个下午的风格外清朗
它带来了庭堂院落燕子的蝶彩
把午夜的一缕缕亮光
剥落至时间的分界点

寂寥的乡野
1000 千伏特高压建筑工地
人面桃花镜中人
许诺下一寸寸不被削亡春光的誓言

时光的流水
不会冲淡对他们牵挂的记忆
站在榆次我还一直在喊
盖月明他们那些母性般温柔熨帖的名字
开一束束香遍工地梦驼铃古道荼花

那些山野的风
一次次贴着我光明的耳朵

在遥望走西口秀色中放飞
如同我们热爱且熟悉的春光
在有些醉意摆手的舞蹈中
与那个温柔的良夜一起放飞

麦 子 风 情

没有谁知道那一粒粒麦子
在孕育的过程中
一直藏着一组组诗歌的秘密

远村部落　我一次次起身探访
她在农耕年华中
触摸季节的山花烟树
在山西电力文学黎明的前奏
深深抚摸着我们的胸口

是谁
牵动那一条河流的目光
把抽穗的麦秆远远放牧在
一个濒临夏季濒临秋天探春画景中
瞬间照亮阳光雨露般
诗意奔飞的前程

夜幕下读她们跳跃在

我眼眶的每一段文字
抬头望见月儿驱动的轮子
以看似抱眠孤独难以言状的姿势
让自己清风般融入
这一次春天从北田开始

李勋，中国电力作家协会、湖北省作家协会会员，湖北省电力文联理事，湖北省武汉市新洲区作家协会副主席，有千余首作品先后在《诗刊》《人民文学》《解放军报》《中国青年》《南方日报》《国家电网报》《脊梁》《长江文艺》上发表。

守 望 大 地

——写给中国第一座特高压变电站

张俊杰 | 国网梁山县供电公司

我见到你的那一刻
深深地被你的高大身影震撼
你是神话中的普罗米修斯吗
带着盗来的天火奔向人间

我见到你的那一刻
一阵惊喜掠过心田
你仿佛是安徒生童话里的锡兵
走出我儿时梦幻世界
到长治的村头与我相见

见到你的那一刻
不禁使我油然生敬
你是一道挂在天际的雨后彩虹
化作英雄群雕的一代愚公

我见到你的那一刻
你身披霞光，牵手彩塔，银线为犁
已成为太行山一片怒放的花丛
寂静地守望着大地

张俊杰，男，中国作家协会会员、中国电力作家协会会员、山东省作家协会会员、中国传记文学学会会员。曾任中国电力作家协会副秘书长。出版传记文学作品多部。

不 是 离 愁

谢黎明 | 宁夏青铜峡大坝发电有限责任公司

一 等 待

夜困了
星星醒了
我听着脚步声
不知道要去哪里放置爱情
怕你承受
怕你被绑缚

思念是把双刃刀
越是靠近
受伤越深

我伸出无助的手
托起梦
挂在月牙上

叮嘱星星
给你引路

二　担　心

相逢消融了疑虑
幸福撵走了孤苦
不知道为什么
雾一样的隐忧
总是铺满心头
总是不能倾情而诉

分明才聚首
欣喜还在眉梢
思念已款款而来
明目张胆地埋下了
朝朝暮暮的期待
望眼欲穿的重逢

三　宽　容

总是要耕耘不辍
就要这样
无关富足
无所谓贫瘠

我要用心
做千回百转地呼唤
一遍一遍　一年一年
自从爱情来到身边
总是这样
瀑布一样登峰到极限

又跌进深渊
当岁月吹皱思念
你是不是在另一端
深情款款
拥抱所有的呼唤

四　行　走

沿着路的方向前行
离远方越来越近
思念一天天被放逐
越来越轻盈
绿意越来越浓

沿着树的目标
离天越来越近
悠悠的云彩向我招手
攀爬而上

还有什么不能尽收

五　不是离愁

我寻着芬芳而来
你们也是
目光牵引着目光
笑容绽放着笑容
心灵依偎着心灵
朝霞刚刚铺满天空
向我招手
一回头
月牙儿走过窗口
她怕惊扰了春天的梦
惹来万般离愁
在梦中轻轻挥手

谢黎明，女，中国电力作家协会会员，宁夏作家协会会员，银川市文学院院聘作家。宁夏电业工会、宁夏电力文学艺术学会作家协会首批签约作家。出版散文集《捧着黎明奔跑》，长篇章回散文《再见虢王》，中篇小说集《往生》。三本著作均被选作宁夏回族自治区职工书屋图书。

特 高 压

——写给长治特高压变电站

梁贵宝 | 国网冀北电力

蓝天下我在思考
你是个什么神物
为什么叫特高压
高高的塔架
林立的开关
庞大的变压器
有规则的母线
丛林般的刀闸
蜘蛛网状的线
是谁创造的
谁连接了那么多线
谁测通了那么多点

你像一个军营
锤炼了一个兵

有坚强的心脏
有旺盛的血脉
有敏感的神经
有骨肉的相连
如同那位站长
坚守历练十年
妻子在另一边
如同那位能手
从建设到投运
从运行到检修
电网智能互联
深深扎在心底

太阳升起又落
风吹来又吹去
小雨洒过小路
烈日炙烤大地
导线嗞嗞作响
小鸟掠过天空
队员巡视测温
将细腻的心事
化为认认真真
用心智与力量
排除隐患故障
夜深沉月朗清

变电静静运行

光明氤氲梦中

新的一天启程

梁贵宝，高级政工师，中国电力作家协会会员。从事新闻宣传工作。散文、诗歌发表于《国家电网报》《亮报》《华北电力报》《华北电业》《当代电力文化》《小品文选刊》《脊梁》《西口文艺》等。

我　　们

——参加电力文协大会有感

郝密雅 | 国网太原供电公司

我们整理行囊

携带着行走远方的心境

去赶赴一次春天的盛会

我们的心情

难道不像这三月里

开满一树的花朵吗？

共同感受着春风

感受着春风

拂过

我们的脸颊

携带着神秘的力量

轻声细语

触动我们敏感的枝丫

在三月里，摇曳生姿

听凭一只

从三月里飞来的蜜蜂
把我们读作一丛迎春
或者是读作一丛丛丁香
其实我们还是一丛丛
嫣红，守望在玫瑰的深处
早已将各自的梦幻
徐徐打开
只为在春天里绽放
绽放！难道不是春天里
最重要的事情吗？

依在窗前静静地站一会儿

——写在会议返程之前片刻

郝密雅 | 国网太原供电公司

依在窗前
站上一小会儿
这样站着，什么
也不想，只是凝神
向窗外望去
望着窗外
已经熟稔的小树

此刻
唯有
小树
不走
最多在微风中
摇摆着枝丫
算是话别：
“一路平安，来年再相会。”

风将我吹得旋转

——走进晋北特高压

郝密雅 | 国网太原供电公司

风将我吹得旋转
我不是走进来的
准确地说，是飘进来的
一滴春雨

当我飘落下来
渐渐忘记自己
与外界的存在
仿佛化作
它巨大脏腑中的
一个细胞
不由自主地漂浮，游走
辨认着
掩藏在这里
难以说清的

无形的力量

宛若一条，又一条
银灰色的巨蟒
早已被驯服，忘记了
逶迤咆哮于身心的狂野
唯有静待时机，听候指令

屹立在桑干河畔

郝密雅 | 国网太原供电公司

当我看见它的时候
它就这样屹立着
一动不动
站在这里，站立在桑干河畔
令我想起，那个春天里的
一个背影，只为等待我
从身后喊他的名字
桑干河是一个有名的地方
一个故事曾经在这里发生

当太阳照在桑干河上
我还是看不见它的脚踝
它将自己的脚，埋藏得
很深，很深
深入到地下 5 米？ 10 米？
深入到

黄土高原的岩层之中
早已化作巨大的根脉
融入大地

抬头仰望，我与风声
一起
默默地环绕，紧紧地
拧紧了一根
心上的弦
不由自主地
伸开双臂“抱了抱它的粗腿”
短暂的瞬间与它守候在一起
似乎听见它铿锵的脚步
行走在遥远的梦中

郝密雅，中国电力作家协会会员，山西作家协会会员，山西电力作协副主席。1990年开始写诗，创作至今。作品散见于《诗刊》《星星诗刊》《绿风》《解放军文艺》《山西文学》《人民日报》《黄河》《脊梁》《太行文学》《漳河文学》《九州诗文》等。著有诗集《天堂有约》《掌心里的河》。

一个人的村庄

乔琳会 | 国网临汾供电公司

这里的声音很多
风来了
梨花落了
小鸟们在枝头八卦着
带来更多的孤独

这里的声音很少
一个人的叹息
或是惊讶
只会蹦出一个单音节

小老杨是村庄的代言
摩托车的暴脾气
越来越近
而这心跳也越来越近

他们来了

黑夜就亮了

握　手

乔琳会｜国网临汾供电公司

一基铁塔
握着另一基铁塔的手
握手的瞬间
便默许了一个远方

远方也有原野
有呼啸的火车
有几棵熟悉的小老杨
有另一种婉约

一基铁塔
望着另一基铁塔伸出了手

金属的歌唱

乔琳会 | 国网临汾供电公司

到处都是铁
有的已站成铁汉子
有的还是硬骨头

一块铁叫来另一块铁
它们唱起自己的民歌
咣珰，咣珰
这歌声只有你懂
咣珰，咣珰
你在遥远的地方回答

乔琳会，笔名乔乔，山西省霍州市人。喜欢读诗，更努力写诗，作品曾在《国家电网报》《脊梁》《山西电力报》《临汾日报》上刊载。

四　月

张一龙｜国网山西新闻中心

那一刹那
金色光芒射穿了所有的阴影
云层后面万箭齐发
是谁唤醒了株株杨柳
眼望天空却紧握泥土
等待春天而承受着寒冬
我曾相信
一支鹅毛笔能装点童话
一缕油墨中能散发芬芳
但缪斯还披散着满头金发
撑开无数的油纸伞
游荡在漫长的雨巷
我沉思默想

少女为丘比特整理好箭匣
透明的花朵闪烁的绿叶

和镶了金边的牛羊
在它到达之前凝固成画
又在寂静之前
众声喧哗
没有人看到
弯曲的小路溜进紧闭的房门
达利的时钟正在慢慢融化
塞林格已不在麦田守望
一只猫又消失在墙头
谁告诉我哪里能找到蒙娜丽莎

有些目光撞击出火花
有些远方就在脚下
那么多风筝都飞上了天
色彩斑斓，奇形怪状
有的等待着风
有的盼望着落下
有的成为了一只鸟
理想、幻想、奔跑、飞翔
在夜幕来临之前
悉数登场

张一龙，1972 年生人，祖籍津门，长于兰州，居于晋中。素无他好，唯喜读书，不恋风花雪月，深钻史哲政经，稍擅文史评论，虽无硕果，亦有所得，自足于读书明理而已！

满江红·北田电力行

葛翠萍 | 国网晋城供电公司

紫燕鸣春，
书香苑、毫飞墨舞。
星盏盏、满朋高座，
师生如故。
试问古今风与月，
且听史册山河赋。
灯下影、赤胆写峥嵘，
阑珊处。

忆往日，风雨路。
跋险谷，惊滩渡。
雪岭寒刺骨，饮溪披露。
铁塔穿云插九霄，
纵横四海擎天柱。
旌旗卷、画万卷蓝图，
忠魂铸。

七律·北田之春

葛翠萍 | 国网晋城供电公司

北田四月百花馨，翰墨流诗韵满庭。
独步小桥听燕语，闲行曲径问红英。
半湾春水钓明月，几缕清风荡斗星。
一袖花魂藏梦里，何须纸上把春吟？

而 此 刻

葛翠萍 | 国网晋城供电公司

六点半
应该是吃饭的时间
饭菜
在味蕾间化作了
一句句的笑谈
沸腾着每一分钟
此间
冷冰老师递给我
一块西瓜
而此刻，只有
我一个人凝视着西瓜
在思念

七点半
应该是讨论组的时间
钢笔

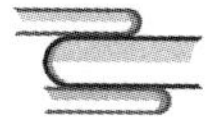

在我指尖飞舞
每一个心脏
都跳动着导线的脉搏
此间
顾建平老师说
清水煮白菜
浓缩了三天三夜
而此刻，只有
我一个人品尝着白菜
在沉思

明天八点半
应该是上课的时间
每一个耳朵
都唤醒了最强的分贝
此间
韩石山老师把身段
端起，放下
碰撞着我的内心
而此刻，只有
我一个人默默地端起
却怎么也
放不下

葛翠萍，笔名荷砚，山西晋城人。喜爱古典文学，特长为诗词楹联，为中华诗词学会和中国楹联学会会员，并任晋城丹水诗社秘书长，作品发表于《中华诗词》《凤台文学》《太行日报》，并写有《荷风月吟》诗集，以及短篇报告文学《雪域梦》等。

有激情才有人生

籍满田 | 国网山西电力

有激情才会拥有
精彩的人生
有激情才会握紧铁锤
高高举起，再猛然落下对准一块通红的铁
不停地锤打，捶打得
叮当作响，捶打得
火星飞溅

如果你，已然放弃
失去了激情
将不会听见安静的石头
对你沉默他回应
假如你，失去了激情
将不会对这块木头
滋生出一腔渴望
渴望着它，在这个春天

重新生长，滋生枝丫
令你的心为之颤动
令眼前的生活为之惊呼

是的，人类的一切创造
都来自于激情
包括我们宝贵的生命

婴儿有啼哭的激情
少年有求知的激情
青年有创造的激情
中年有收获的激情
晚年有回味的激情
有激情才有滋味
有激情才有人生

籍满田，男，1970 年生，山西代县人。山西省作家协会会员，中国散文协会会员。已出版长篇小说《曾家兄弟》，纪实文学《滇缅之列》等。

苏醒，在春日

张宏艳 | 国网山西新闻中心

春末北田
每个角落都写满诗意
一朵朵樱花不负春光
绽放在这场岁月里

午后时光
一封载着旧日的信
从远方来
尘封的记忆
渐次打开

恍惚间
看到了年少的身影
在季节辗转深处
轻吟风雅
浅唱年华

光阴在指尖滑落
褪去了当年的风华
跫音远去
空留叹息的诗行

一场春日的盛会
诗与花前来赴约
搅动凝结的心绪
绚丽了整个春天

文学在春日苏醒
枝上又添新绿
一片挥别过往
一片寄往明日
北田春又到

时光未眠
诗情未老
只愿一生执笔天涯
墨染流年

张宏艳，中国电力作家协会会员。2006年来，先后在《山西电力报》《山西电网》杂志、晋电在线APP担任编辑。从业十年来，有新闻通讯、散文、诗歌散见于《国家电网报》《山西电力报》及《山西电网》杂志等媒体。

北田的笑脸

刘海霞｜国网临汾供电公司

四月是个指挥家
手指一点　花儿就张开了喉咙

原野换上压在箱底的春衣
扭捏着抚平折痕

嫩芽儿比太阳起得还早
在风里敞开呼吸

这一切在北田
笑脸比新生的叶子还鲜亮

北田，房间号码的记忆

——何文锋印象

刘海霞 | 国网临汾供电公司

1417

夜闭上了眼睛　花儿也睡了

有张床还在空等

那个不爱说话的小伙子

整天提着一袋子的匆忙

模样都没记清

306

话匣子刚抖出腼腆的乡音

星星就在镜片后闪动

让每只耳朵都在新鲜的诗意里充盈

日喀则的雪花在发间飞舞

缠绕着曲美小学最深沉的亲情

209

在稿件里掘金子
用瘦弱的肩膀扛住
累到打闪的电脑和饥饿的胃
给伙伴们的梦想添一把火
把未来照亮

刘海霞，临汾市作协会员、山西省电力作家协会会员、中国现代诗人网协会会员。2011～2014 年担任《襄汾县电力工业志》副主编。有诗歌散文发表于《脊梁》《当代电力文化》《亮报》《山西日报》等报刊。

追　梦　北　田

马爱丽 | 国网临汾供电公司

这个春天
做些什么呢
不让妄想在汾水边打盹儿

柳枝吹着风
诗走向远方
晨曦中，北田的芽和花
嫩黄　水粉　浅紫　淡绿
热闹地说话

搭一朵白云　贴近
天空　大海　高山
在四月的子夜
激情成了燃烧清寒与胆怯的篝火

端起杯子

又放下来　注水盈盈
去浇灌坝子上的花吧
安静的灵魂追随芬芳

又见“何喇嘛”

——记电力援藏职工何文锋

马爱丽 | 国网临汾供电公司

相遇时　微风轻拂
厚重眼镜片里
嵌着和善温情
浓重的家乡口音
“公益是否有意参与”
竖起耳朵
听了好几遍

曲美小学　牵着结对亲情
一块儿寻觅
支教　顺着风儿
与雪花飞舞

行动起来吧
温暖的日喀则

笑脸映衬着蓝天

一条哈达竖起大拇指
一条哈达唱着爱恋
一条哈达说起“何喇嘛”

春日晕染的北田
“何喇嘛”也在这里
只是瘦弱的肩头
添了刚毅　从容
单薄到　行走如风

聆　听　春　风

马爱丽 | 国网临汾供电公司

（一）顾建平

瞧

十六岁北大才子

带上　坝子上的鲜花

挽起　藕断丝连

轻轻地

住进每一个文学人的心

衣衫是本色

与他的人一样

诠释着诗歌

成为骄子

（二）蒲素平

黝黑皮肤

铁塔的宠儿
远处的风
吻上棱角分明
一并吻在了铁骨之上
田野打趣：铁汉总无情
你笑了
爱情绽放在“七天献诗”里

慢慢地　似白云　如山巅
辽阔起来
怀揣的梦想　浸润　养绿
原来
活着就是一首诗
活着才会有诗意

（三）冷冰

冷冰
几度猜想
真名笔名？男人女人？
诗意悄然温暖四月

小伙伴与您
聊着北京的味儿
欢笑随风摇曳

惊讶春宵太短
夜色里打磨的星月
是一枚小小炸弹

聆听春风
涤荡疑虑后的胆怯
情感在清寒里奔放
真诚　文字间一丝不苟
您　是我们最红的艳遇
“我们”一词
都这样说时
相识　善良成为永恒

马爱丽，笔名手心（昙花一现了无痕），山西省电力作家协会会员、中国现代诗人网协会会员、中国唯美联盟火狐微诗协会会员。有诗歌散文发表于《脊梁》《山西电力报》。

春天的盛宴

——致山西电力文协

王　烨 | 国网运城供电公司

从喧闹的城市过来
从孤寂的铁塔过来
今天，我们穿着盛装
去赶赴春天的一场盛宴

山谷越来越偏僻
绿叶越来越开阔
我像一千伏的低压线
掉进了文人墨客的海洋里

这里，我仿佛听到了
最初一滴雨落地的声音
这里，我欢快地呼吸
袅袅余音绕梁的弦音

今夜，不看电视
不观足球
不思远方的亲人和铁塔
喝过茶，关住窗
枕着文坛巨匠的氧气沉沉入睡
我喜欢这样的芬芳
这样的安宁
这样的丁香
这样的桃花满园

摒弃所有的沧桑记忆
让我们携手前行
有你，有我，还有他
我们心心相印
共赴前程

王烨，笔名陆儿。山西省作家协会会员、中国电力作家协会会员、中国散文学会会员、运城市作家协会副秘书长。出版有散文集《飘零岁月》《留住阳光》，电力营销专著《电力营销稽核指南》《电力营销实用问答》《电力营销审计案例解析》《电力营销业扩报装工作实务》。

雁北行记

赵亚男｜国网山西新闻中心

这里的春很慵懒
外面
杨柳依依
麦苗青青
而她
只是象征地打个哈欠
就像
孩子的画笔
随意涂抹一缕
淡淡的绿

这里的地很孤僻
厌倦
苗木葱葱
流水潺潺
为了这份清静

她撒了许多盐
就像
一块儿发了霉的面包
为了这份清净
她加了一些酵母
发酵
松软
汽车来了
就深陷其中

这里来了一群人
不惧
风沙漫漫
荒野漠漠
他们
种下太阳
种下铁塔
于是
这里
收获了希望
光明输向远方
这群人
有一个共同的名字——
国家电网人

赵亚男，山西朔州人，1983年8月出生，2006年毕业于兰州大学新闻系，中国电力作家协会会员。从事编辑工作10年，先后在《山西电网》杂志、《山西电力报》、晋电在线APP担任编辑，两次获评中国电力优秀报刊工作者称号。先后有新闻通讯、散文、诗歌散见于《脊梁》《当代电力文化》《国家电网报》《国家电网》杂志、《山西电力报》《山西电网》杂志等媒体。

贺晋电文协成立

李晓霞 | 国网运城供电公司

四月北田春未老
流光溢彩
人勤春来早
莫道文坛路途遥
巾帼展颜须眉笑

桃李送香柳轻摇
妙诗雅韵
春来花常好
谁言晋电无英豪
华章站上九重宵

贺山西电力文协成立暨中国电力作家走进山西电力采风活动圆满结束

李晓霞｜国网运城供电公司

一

又是人间四月天
遍野桃花展粉扇
文人墨客聚北田
妙笔誓把功勋建

二

师匠躬身巧指点
茅塞顿开愁眉展
佳作飞上九重天
穿云破雾笑开颜

三

采风路上不寻常
有人沉思有人忙
欢声笑语满车厢
华章巨著溢胸膛

李晓霞，笔名东霓，1970年生人，运城市诗词学会会员。1997年开始发表作品，作品散见于《中国诗歌报》《民间诗刊》《威宁诗刊》《新诗刊》等报刊、网络平台。

怎样才能模糊了你

徐列娟 | 国网运城供电公司

不论走到哪里
一座座
挺立山巅的铁塔
一条条
穿越星际的银线
一直是我眼中的焦点

相约特高压
第一次
领略了你的雄浑沉稳
第一次
与你如此近距离地凝视
你可否感到了我咚咚的心跳加快

你用雄浑的身躯
挺立起

电建工人钢铁般的硬骨头
你用浩荡的气魄
传颂着
电网卫士母爱般的呵护情怀

从此你成了我永远的相思
忍不住给心儿插上翅膀
与滚烫的电流一起飞向千家万户
晚上
你又悄悄住进我的梦里
我真的不知道
怎样才能模糊了你

徐列娟，女，生于1974年。日常闲暇喜欢读书写作，文章散见于《国家电网报》《中国电力报》《山西工人报》《山西日报》《黄河晨报》《运城日报》等各报刊。散文《怀念方寸之间》收录于《2014年中外诗歌散文精品集》。

塔尖的诉说

周英英 | 国网忻州供电公司

我安家了
住在晋北 1000 千伏变电站
开始
我只能听到蟋蟀在唱歌

渐渐地
来了许多小伙伴
引来了许多蜜蜂
拉起手　唱起歌
我不再寂寞

我等待
蓝光流淌远方
把问候送给我的兄弟姐妹
共同唱出能源互联网之歌

周英英，笔名银儿，现供职于国网忻州供电公司变电运行二区。作品散见于《脊梁》《国家电网报》《中国电力报》《山西电力报》《忻州日报》《山西经济日报》《三晋都市报》等媒体。

题咏电力文协

赵晨宇 | 国网朔州供电公司

电光流芳韶华去
盛地文坛
更有英才续
拜谒北田歌雁曲
义结文协吟格律

墨客骚人今幸聚
拈韵酌词
金指敲金玉
铁笔如椽书锦句
豪情似水化春雨

赵晨宇，男，祖籍河北徐水。1992 年开始发表作品，1994 年出版诗集《潇潇雨夜》，1998 年出版军旅散文诗歌集《另一种浪漫》，作品散见于《脊梁》《国家电网报》《电网头条》《采风中国》《解放军报》《战友报》等报刊媒体。

北田四日·印象

宁　静 | 国网晋城供电公司

玉兰是白紫二色的鸟，
蔷薇叽叽喳喳压了满树，
春天的花都雍容开放。

人群来了又散了，
他们散发出浓烈如春天的味道，
他们身后有一朵盛开的花。

夜晚的星星比白天的太阳更忙碌，
翻页的纸张比碰撞的言语更疯狂。
我恐惧我空荡荡的房间。

曾经我已经死了，
我在所有春天味道的缝隙里穿梭，
记忆的细节如同纸张里细密的小字，
所有的字都是有意义的。

我默默地想，

原来我还活着。

宁静，女，现任晋城供电公司摄影协会会长、读书协会秘书长。主要在《国家电网报》《中国电力报》《山西电力报》《晋电在线》及各省市级媒体发表新闻报道，偶尔发表部分文学作品。擅长文体为新闻通讯、散文/杂记、小说。

北田花之梦

闫晓娟 | 国网运城供电公司

北田小镇春意浓，
春花激荡文字梦。
文学之花争怒放，
花儿处处竞春风。

木兰花

古有女子花木兰，
今有北田木兰花。
红装醉梦和风里，
洁白无瑕春雨间。
微微翘翘兰花指，
摇摇晃晃扭身姿。
好比枝头赵飞燕，
俏立花丛舞人间。

铁梗海棠

陕北姑娘出了门，
绿衣服来红围巾。
北田小伙地头忙，
羊毛手巾头上绑。
姑娘小伙迎风笑，
扯开嗓门吼秦腔。

榆叶梅

粉红佳人俏盈盈，
痴情后生情意浓。
层叠缠绕沐暖阳，
娇颜巧笑醉春风。
蜂扑蝶舞莺乱语，
草长叶飞笑声浓。

小叶樱

颤颤巍巍急开放，
俏俏生生忙亮相。
她的青春不怒放，
北田风光不张扬。

和风细雨洒花泪，

慢语轻言话春光。

风儿停下不敢吹，

害怕惊起伤心事，

再落一地樱花雨。

杨柳

柳枝身披绿衣裳，

春风拂动舞蹈忙。

湖水里面梳个妆，

对着镜子笑脸仰。

折个枝条搓柳哨，

柳哨声声萦耳旁。

闫晓娟，山西省女作家协会会员、山西省电力作家协会会员、山西省摄影家协会会员、运城市作家协会会员、运城市摄影家协会会员。散文《莲花盛开的隐秘》收入《过光景》山西女作家作品年选综合卷。

鹧　鸪　天

——贺中国电力作家走进山西采风活动

马向丽 | 国网晋城供电公司

桃红柳绿紫梧桐，山西电力诗兴浓，文坛巨匠聚北田，谈古论今讲文风。

昨别后，忆相逢，几回梦里与君同。今宵再观采风照，忧恐相逢在梦中。

马向丽，国网山西省电力公司职工文学创作爱好者协会会员，诗歌、散文作品散见于《山西电力报》《山西经济日报》《太行日报》等媒体。

北 田 遐 想

吴国斌 | 国网晋城供电公司

花开时节
播一粒种子在北田
汲取着文学的养分
呼吸着春天的气息
面迎和煦的阳光
将梦想长成希望

曾经如雷贯耳的名字
从文学的圣坛
活脱脱来到了近前
用诙谐幽默的趣谈
朴实真诚的阐释
将文学的精髓
缓缓注入

于是

一株株文学的幼苗

如春阳中的柳枝儿

冒出密密的新绿

只要有希望

有谁知道

北田的种子

不会成为文坛的参天大树

奔流的天河

——写给我国首条投入商业运行的 1000 千伏特高压线路

吴国斌 | 国网晋城供电公司

大河
在数十米高空
向着六百四十公里外的荆楚大地
奔流
古老的华夏文明
以惊世的新姿
再次觉醒

承载着世界第一的骄傲
蕴含着电力人的智慧
黄土高原的巨大能量
重获新生
一排排钢铁巨人
在祖国的怀抱里
站成永恒

晋东南—南阳—荆门
电压最高、产权自主、能源保障
这是我们的特高压呵
这是世界电力史上的脊梁
请记住：我们有黄河、长江
我们还有特高压
奔流在空中的能源大江

吴国斌，国网山西省电力公司职工文学创作爱好者协会会员。

笔会抒怀两首

米　强|国网大同供电公司

一

泛舟学海心藏玉，
鹿悦嘉音鸣不已。
一点醍醐春潮涌，
万木葱茏次第开。

二

绿柳宫墙莺啼秀，
曲径幽潭水含羞。
问道文曲千里外，
虹霓吐颖待金秋。

米强，国网山西省电力公司职工文学创作爱好者协会会员。

回　　归

尉云辉 | 国网临汾供电公司

晨起
窗外雾气迷漫
宝贝
还在香甜的睡眠
凝视
他忽眨闪动的睫毛
不觉
亲吻他稚嫩的小脸
匆匆
迈开沉重的脚步
毅然
踏上心灵的旅程

转身
车内欢声笑语
花朵

正在舒展的枝叶
迎接
一天新的美好到来
不觉
吮吸她清甜的香气
轻轻
去舒展弯曲的枝丫
纵然
接受成长的洗礼

转身
会堂寂静有声
思想
仍在伸展着触角
触碰
最打动神经的电流
不觉
走进五彩斑斓的梦中
柔柔
贪婪吸取文学的氧气
竟然
迸发内心的共鸣

午后
阳光洒满留恋

发丝

随风灵动起舞

挽留

温暖春天的丁香花开

不觉

回想北田风吹的记忆

慢慢

去捡拾美丽的碎片

全然

回归本真的灵魂

尉云辉，笔名乐云，山西省电力行业协会会员。

铁 塔 颂

赵 霞|国网朔州供电公司

百花绽紫红，
万木染绿青，
座座铁塔似天兵，
尽职献爱心。

电力当头领，
产链多延伸，
经济建设百花放，
电弧花更红。

安全渗人心，
生产增后劲，
条条银烁似花藤，
天空添彩虹。

赵霞，国网山西省电力文学创作协会会员。致力于将电力人背后的真实故事展示在公众面前，提升社会各界对国家电网人的认知与理解。

你好，特高压

杜晓芳 | 国网运城供电公司

远望你——
巍巍铁塔
铮铮铁骨顶天立地
闪闪银线
纤纤柔体天涯海角

走近你——
设备喃喃叙说着
光阴的故事
电流默默续写着
岁月的荣耀

凝视你——
执着创新
集聚厚积薄发之力
匠心筑梦
影印漫漫征程之迹

因 为 爱

杜晓芳 | 国网运城供电公司

因为爱
一路我们心花绽放
诗词歌赋
身心愉悦

因为爱
一生我们心系电网
日月轮回
光明永恒

因为爱
文字成了我们的纽带
一字一句
终成美文

因为爱

公益成为我们的表达

一点一滴

终汇河流

杜晓芳，笔名木土，国网山西省电力公司职工文学创作爱好者协会会员。

随 笔 两 首

张 靖 | 国网山西承装公司

一

一头扎进土壤
褐色的肌肤
像大地一样朴实
执拗的躯体
如钢铁一般坚硬
粗糙的质地
比不上塔杆的高大、导线的柔美
然而
朴实是它的谦虚
执拗是它的毅力
粗糙是它的力度
默默无闻
深藏于地下
无所苛求

托起巍峨铁塔

二

带着忐忑，带着离开校园的迷茫
带着激动，带着踏入职场的澎湃
带着希望，带着放飞梦想的憧憬
带着勇敢，带着深扎基层的坚强
我们来到这里
来到充满乡土人情的小镇
带着叮嘱，带着远方亲人的思念
带着祝福，带着同学好友的期盼
带着回忆，带着孩童时代的梦想
带着坚定，带着驰骋沙场的豪迈
我们来到这里
来到陌生而又温馨的大家庭
带着感激，带着团队领导的厚望
带着感动，带着兄弟姐妹的关怀
带着骄傲，带着奋发向上的激情
带着不屈，带着埋头苦干的毅力
我们来到这里
来到远离故乡、远离繁华的一线工地
号角吹起来
锣鼓敲起来

带着微笑，带着赤城，带着思索，带着向往
特高压
我们来了

张靖，现供职于国网山西承装公司。

创　奇　勋

——走进晋中特高压采风

郭学英 | 国网太原供电公司

田野曲径落高塔，银线飞舞隐柳芽。

采风玉笔藏春梦，神奇快门锁傲魂。

电力高速此相连，榆横潍坊若比肩。

妙手破土峥嵘见，晋电儿女创奇勋。

文 协 赞

——参加山西电力文协培训有感

郭学英 | 国网太原供电公司

北田春色万木葱，文协展翅越千重。
流芳诗歌金阳照，溢彩散文皓月溶。
无眠骚人呈佳作，一心妙笔赞采风。
先贤后辈携手进，电力辉煌吟不穷。

郭学英，男，1966年出生，中国人民大学硕士研究生毕业。著有《规范管理到精益》《QC小组活动实操》等书。诗歌、散文作品散见于《山西电力报》等媒体。

让我们用心碰撞

秦振岗｜国网长治供电公司

你来了
我也来了
我们在春天里
在一个叫北田的地方用心碰撞

你来了
我也来了
我们为文学创作碰撞
为电力文化的繁荣碰撞

你来了
我也来了
我们到自古天下脊的上党碰撞
去往中国特高压电网起步的地方碰撞

你来了

我也来了
在旅途　在路上
我们用心碰撞
撞出了激情和梦想
撞出了真情和友情
留下的是一路欢歌　一路笑语
永远　永远

秦振岗，国网山西省电力公司职工文学创作爱好者协会会员。

寻　　踪

——北田培训有感

杜　璇｜国网山西送变电公司

沿着玉兰花的香气
我寻找着你
可层层叠叠的绿荫遮住了院房

我像个孩童般
悄悄地惦着双脚
想拨开这重重的迷障看到你

你的模样
你的声音
仿佛都是那么熟悉美好
可是我却始终无法寻到你

一徐清风
把我引向灰蓝相间的小楼

在饱含深情和诗意的言语间

我终于找到了你

原来你早已与迷人深邃的文字融为一体

杜璇，国网山西省电力公司职工文学创作爱好者协会会员。

这　　里

秦学敏 | 国网山西送变电公司

我知道
我不会忘记这里
清晨阳光洒满庭院
玉兰在风中静静伫立
樱花雨散落人间
我知道
我不会忘记这里
讲堂上
名师大家端起放下
文字在笔下流淌
智慧在语间传递
我知道
我不会忘记这里
风给我以灵动
绿给我以新意
我满心欢喜

埋下头，提起笔

灵动的文字，做人的道理

文学的盛宴

尽在北田的春风里

秦学敏，笔名勤学，国网山西省电力公司职工文学创作爱好者协会会员。

北 田 行

李子锐 | 国网朔州供电公司

长车绝迹出塞北，
一路红尘下雁南。
早知春色无限好，
何必主公调令函。
青天有日难作酒，
无风起浪不成文。
庭外梨花落不住，
一恍云中南柯梦。
草步丛下探柳绿，
信野池边嗅花红。
有花堪折直须折，
难忍葬花看娇娇。
抚琴亭外残斜日，
英雄阁里对隆中。
寻声欲问谈者谁，
堂上顾姓讳建平。

拜师不须三叩首，
一壶浊酒慰平生。
笑言不解禅中事，
横眉正饮天下人。
书山求路入劫境，
仙人拨云见凡尘。
久醉塌下无意睡，
翻身更作北田行。

李子锐，国网山西省电力公司职工文学创作爱好者协会会员。

后　　记

《春到北田》付梓出版，看到大家在四月的北田、在花开的季节写出的文字一个个在纸页上跳跃，心里有说不出的高兴。如果以农事譬喻，这本书真真可以说是春种秋收了。

2016 年 4 月 7～11 日，在国网山西省电力公司北田培训基地国网山西省电力公司文学创作爱好者协会成立，“中国电力作家走进山西电力”采风活动也同期进行。对于这两个事件，大家的共识是，这不仅是山西电力文学创作的崭新起点，更是中国电力文学创作重新振作的标志性节点。因此，从国网山西电力工会计划出版“电网新视界”丛书开始，《春到北田》的编辑工作就列上了日程，并被定为丛书首本。

本着互相交流、共同进步的原则，本书选编了参加北田培训、采风的电力作家、国网山西电力文协会员所写的绝大部分作品。按照当时的活动安排，大家的作品大致围绕北田印象、培训感悟、采风体会三个内容来展开。因此，书稿在分为散文、诗歌两个部分的前提下，基本是按照三项内容的时间顺序来编排的。

为方便新媒体条件下的读者阅读，本着文字数码化、书籍图像化的要求，我们还将全书精选内容制成二维码供读者扫描阅读。纸质书中不能完全呈现的一些图片、课件等内容，同样以链接形式提供给有需要的读者。

本书从筹划、汇编到成书历时 4 个多月的时间。在国网山西电力工会的大力支持下，在各位领导的不断督促下，在各位作者和文协义工的热心帮助下，在彭图老师的具体指导下，书稿历经多次修改、完善、改进，最终定稿并顺利出版。在此，谨向大家致以最诚挚的谢意！

编者

2016 年 12 月